Karl Biese,
Wintertag

WEIHNACHTEN

IN
ALTMARK, BÖRDE, HARZ
UND UM DEN HUY

Gedichte, Bilder und Geschichten
aus drei Jahrhunderten

herausgegeben
von
Hanns H. F. Schmidt

dr. ziethen verlag
oschersleben

Titelbild: Walter Gemm,
Gröperstraße und Dom in Halberstadt im Winter

Die Deutsche Bibliothek - CIP-Einheitsaufnahme

Weihnachten in Altmark, Börde, Harz und um den Huy:
Gedichte, Bilder und Geschichten aus drei Jahrhunderten /
hrsg. von Hanns H. F. Schmidt. - Oschersleben: Ziethen 1992.
(Mittelland-Bücherei ; 1)
ISBN 3-928703-12-9
NE: Schmidt, Hanns H. F. [Hrsg.]; Weihnachten; GT

Satz & Layout: DR. ZIETHEN VERLAG
Druck: HALBERSTÄDTER DRUCKHAUS
ISBN: 3-928703-12-9

Gedruckt auf 100% chlorfrei gebleichtem Papier.

Margitta Mielke

Winterzauber

Der Winter tanzt beschwingt durch unser Städtchen,
vergnügt wirft er sein weißes Flockenkleid;
begeistert grüßen Buben ihn und Mädchen
und alte Menschen seufzen leis: Es schneit...

Ein watteweicher Teppich schmückt die Gassen,
Kapuzen tragen Bäume, Zaun und Haus.
Der kleine Bank im Park steht nun verlassen
und ruht sich unter weißer Hülle aus.

An Fensterscheiben wachsen zarte Blumen
aus Eiskristallen zeigt sich Blatt für Blatt.
Vergeblich sucht ein dicker Spatz nach Krumen,
schimpft aufgeregt, er werde niemals satt.

Der Winter tanzt und lockt uns aus dem Zimmer.
Wir freuen uns über unsre weiße Stadt
und spüren, daß ihr reiner, klarer Schimmer
ein Lied uns in den Sinn gezaubert hat.

Walter Gemm,
Im Hof des Gleimhauses in Halberstadt

Johann Wilhelm Ludwig Gleim

An den Winter

Alter, mit dem grauen Barte,
mit den angefrornen Locken,
willst du denn nicht einmal lachen?
sind die Lippen zugefroren?

Komm herein, was stehst du draußen?
Komm herein, du sollst schon tauen!
Sieh, wie störrisch sind die Mienen;
bist du denn ein Feind der Freude?
Willst du meine, Lust verdammen?
Gut! so bleib nur immer draußen
und mit deiner finstern Miene
mache Felder, mache Blumen,
mache Berg' und Täler traurig,
mich solst du nicht traurig machen!

Töte diese frischen Lilien,
töte diese jungen Rosen
auf den jugendlichen Wangen,
töte sie einmal zum Scherze!
Laß mir aber nur die Rosen
auf den Wangen meiner Doris,
dann so soll sie dich beschämen,
dann soll sie mit einem Kusse
meinen halbverstorbnen Wangen
alle Rosen wiedergeben.
Dann soll sie mit ihren Lippen
meine Lippen schöner färben!

Alter, willst du's selbst versuchen?
Komm, sie soll dich einmal küssen,
glühend sollst du, sieh, ich wette,
deine Pelze von dir werfen,
sollst vor großer Hitze dursten;
komm, ich habe hier zu trinken!

Moritz von Schwind

Margitta Mielke

De Winter kümmt

De Wind fleit'n Leed met ieskolt Lippen.
He rüddelt as dull an de Achterdör,
bringt noch'n olle Tun to'm Kippen
un spält denn ganz sinnig met Botterbrotpapeer.

In'n Schummern, da hangn uns dichte Schleier
ut Newel un Stille vör dat Gesicht,
un Luft holn könn' wi erst werrer freier
in 't wisse Weetn van Wärmnis un Licht.

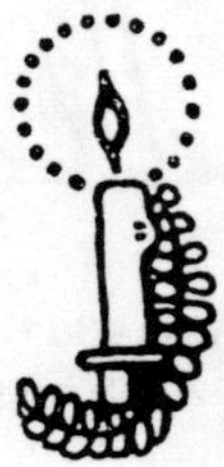

Waltraud Reinke,
An der Alten Elbe bei Berge

Kurt Liebmann

An der Elbe

Trüber Spätnachmittag im Dezember

Melancholie läßt schwere graue Schleier wehen.
Zwei Reiher schleiern grau und tief am Ufer hin.
Taucht Fluß und Land ins Ende, ist's ein Anbeginn?
In Urweltnebeln schwarz die breiten Eichen stehen.

Kein Laut. Das Wasser fließt nur träge seinen Lauf.
Im Schutz der Buhne läßt ein Entenschwarm sich nieder.
Der Wind entlockt den vollen Wolken Schneegefieder.
Aus Erlen flattern plump und böse Krähen auf.

Der Schnee fällt dichter. Alles Land wird weich und bleich.
Es wogt die Nähe ineinander und die Ferne.
Da naht ein Kahn mit grün und roter Bordlaterne
und sinkt wie ein Gespensterschiff ins Totenreich.

Leopold Friedrich Günther von Goeckingk

Als der erste Schnee fiel

Gleich einem König, der in seine Staaten
zurück als Sieger kehrt, empfängt ein Jubel dich!
Der Knabe balgt um deine Flocken sich,
wie bei der Krönung um Dukaten.

Selbst mir, obschon ein Mädchen und der Rute
lang nicht mehr untertan, bist du ein lieber Gast;
denn siehst du nicht, seit du die Erde hast
so weich belegt, wie ich mich spute?

Zu fahren, ohne Segel, ohne Räder,
auf einer Muschel hin durch deinen weißen Flor,
so sanft und doch so leicht, so schnell, wie vor
dem Westwind eine Flaumenfeder.

Aus allen Fenstern und aus allen Türen
sieht mir der bleiche Neid aus hohlen Augen nach;
selbst die Matrone wird ein leises Ach
und einen Wunsch um mich verlieren.

Denn der, um den wir Mädchen uns oft stritten,
wird hinter mir, so schlank wie eine Tanne, stehn
und sonst auf nichts mit seinen Augen sehn,
als auf das Mädchen in dem Schlitten.

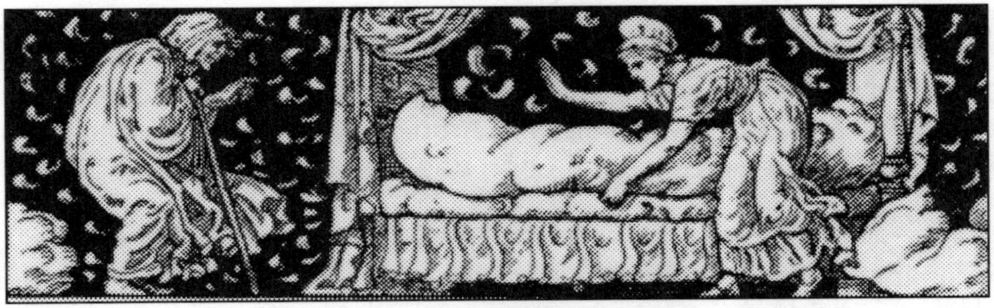

Walter Crane

Paul Zaunert

Von der Frau Holle

Auf der Kuhkolksklippe bei Clausthal hat Frau Holle ein Bett stehen. Nicht weit davon kommt sie abends um zehn Uhr aus dem Walde ins Dorf und schaut in die Fenster, wo sie noch Licht sieht; sie hat gluhe Augen und einen roten, ganz feurigen Mund. Eine Stunde lang sitzt sie nun so da und tut übel; von elf bis zwölf aber trägt sie Wasser in zwei hellen Eimern aus dem Bache herauf nach ihrer Klippe ... Es sind dieselben Eimer, Bütten und Fässer, mit denen die Wolkenfrauen hantieren; darin trägt sie den Nebel oder Tau aus dem Bache. Wer am Sonntag geboren ist, von dem sagt man, daß er die Waldfrau in weißem Laken sehen könne.

Bei Lauterberg wäscht sie oft ihren Schleier im Fluß, in der Lutter; und wenn es auch die ganze Woche regnet, so hofft man doch auf gutes Wetter am Freitag oder Samstag, denn am Sonntag muß Frau Holle ihren Schleier wieder trocken haben. Im Winter schlägt sieihr weißes Gewand weit auseinander, dann schneit es.

Man hatte einen Heidenrespekt vor der Alten im Walde. Daß sie es nicht leiden konnte, wenn die Leute im Dorf bis spät in die Nacht hinein über der Arbeit aufsaßen und Licht brannten, wissen wir schon, denn die Nacht gehört ihr wie den Geistern überhaupt. Gewisse Nächte aber hat sie sich besonders vorbehalten ...

Der Frau-Hollen-Abend ist der letzte der “Zwölften”. der zwölf Nächte um die Jahreswende, die mit dem Weihnachtsabend beginnen. Diese hochheilige Zeit ist vor allen anderen voller Geisterwandel und Geisterwerk. Wenn die erste dieser Weihenächte anbricht, muß es stille sein überall, wo Menschen wohnen; alle Arbeit soll getan, Haus und Hof aufgeräumt und blank sein. Da müssen die Spindeln ruhen und alle alten Rocken abgesponnen sein.

In der nächsten Nachbarschaft des Thüringer Landes, im Amte Scharzfeld, bekamen früher die Mädchen, die ihren Rocken sauber heruntergesponnen hatten, ein Geschenk von der Frau Holle ...

In Wertheim am Main verkleideten sich früher am Weihnachtsabend erwachsene Mädchen und kamen als Frau Holle, in weißem Kleide und mit einer Krone von Goldpapier auf dem Kopf, zu den Kindern und brachten Weihnachtsbäume für die guten, eine Rute für die bösen. Auch in andern Gegenden Deutschlands kamen - und kommen wohl auch jetzt noch - solche weißgekleidete und verschleierte Feen am Weihnachtsabend oder einem Abend der Adventszeit in die Kinderstuben ...; nur ist ihnen zumeist der Name Frau Holle abhanden gekommen (wenn sie ihn überhaupt gehabt haben), und sie sind mancherorts ziemlich sinnloserweise umgetauft in “Christkind”.

Christian Karl Plato

Weg im Winter

Im Winter schickte Nikolaus
den Sohn nach alten Schulden aus.
So ungern es Hans Christian tat,
im Winter übers Feld zu reisen,
so freudig ging er seinen Pfad,
um nur Gehorsam zu beweisen.

Er ging nach dem bestimmten Ort
nicht immer ganz gerade fort,
darum verlor Hans Christian sich.
Zum Glück kam noch ein Mann gegangen.
Freund, sagt er, hier irr' ich mich ...
Erfüllt mein sehnliches Verlangen!
Und zeiget mir den rechten Weg!
Denn hier ist weder Weg noch Steg ...
Oja, fing Bauer Velten an:
das tu ich gern mit vielen Freuden,
wenn man den Weg nicht finden kann,
das ist gewiß ein großes Leiden.

Besonders in der Winterszeit.
Ich will zu deiner Sicherheit
den ganzen Weg nach N. mitgehn!
Womit, sprach. Christian, lieber Velten,
womit soll ich, würd das geschehn,
die große Gütigkeit vergelten?
Mit nichts! sprach dieser gute Mann,
wenn ich nur Menschen dienen kann,
so freu ich mich und glaube fest,
ich bin dazu, euch zu beglücken.
Wer sich mir willig überläßt,
den leite ich bis zum Entzücken.

Max Brückner ,
Am Ottofels im Harz
(um 1925)

Marie Petersen

Aus dem Harzmärchen

"Prinzessin Ilse"

Der Winter war inzwischen auf dem Brocken angelangt und wurde von der höllischen Majestät daselbst eigenhändig mit dem allerdicksten Nebelmantel bekleidet. Darauf strich er langsam über die Höhen dahin und wälzte sich schwerfällig ins Tal hinab. Zum Anfang war er gar nicht so übel, machte Samtpfötchen und wollte sich einschmeicheln, zog den Bäumen und Sträuchern von weißem Reif schimmernde Röckchen an, daß die kleine Ilse ganz geblendet von all der Pracht nicht wußte, wohin sie schauen sollte. Darauf kamen die Schneeflocken taumelnd aus der Luft herabgewirbelt, und das Prinzeßchen glaubte zuerst, es seien die Wolken selbst, die es im Tale besuchen wollten und die Bekanntschaft von der Alpenhöhe her erneuern. Wie der Winter aber seine kalte, weiße Decke immer dichter und schwerer über die ganze Schlucht legte, wie alles darunter begraben wurde, Steine und Baumwurzeln, Moose und Kräuter, und die zitternden erbleichten Grashalme auch, da wurde der kleinen Ilse bange ums Herz und sie dachte, nun werde die Reihe auch an sie kommen. Tat es ihr doch schon so leid um all ihr liebes Grün, das sie nicht mehr sehen konnte, - und wie sie emsig arbeitete, von allen Steinen, welche sie erreichen konnte, den Schnee hinwegzuspülen und die weichen, kleinen Moose wieder freizumachen, da fühlte sie mit Entsetzen scharfe, eisige Spitzen in ihre zarten Glieder dringen und sah, wie der Winter ringsumher an Steine und Baumwurzeln, wo sie vorüberstreifte, harte, glänzende Kettenringe anschmiedete, die mit immer länger und länger anschießenden Strahlen und Stacheln sie halten und fesseln sollten und ihre weichen, jungen Glieder allgemach ganz und gar in Bande legen. Der grimmige Winter packte jetzt mit scharfer, eisiger Kralle in die zarte Brust des armen Kindes; kalte Schauer durchbebten die kleine Ilse, und sie umschlang zitternd die knorrigen Wurzeln des Tannenbaums und blickte hilfeflehend zu dem hohen Waldkönig empor.

Sie sah auch ihn mit der weißen Decke des Winters umhüllt, aber von seinen Zweigen strahlte, unter dem kalten Schnee, ein tiefes, ewiges Grün ihr entgegen, und der milde Frühlingsschein legte sich warm und tröstend auf ihre Brust und hauchte ihr Kraft und neues Leben ein. "O Tannenbaum!" rief die kleine Ilse, "wie fängst du es doch an, dem Winter zu trotzen und grün und lebendig zu bleiben in seinen eisigen Armen? Kann ich denn das nicht auch lernen?"

"Weil ich auf Felsen gegründet bin", sprach der Tannenbaum, "und mein Haupt zum Himmel richte, so gibt mir der Herr die Kraft, grün zu bleiben durch alle Zeiten; - und du, kleine Ilse, bist auch ein Felsenquell und strahlst in deiner klaren Flut des Himmels Licht rein und ungetrübt wider, wie es auf dich herabströmt; wenn das wahre Leben in dir ist, das innere Treiben, das der Herr gibt, so wird die auch die Kraft nicht fehlen, den Winter zu überwinden. Darum vertraue nur auf Gott, kleine Ilse, und rapple dich und werde nicht müde."

"Du lieber Tannenbaum", sagte die kleine Ilse, "ich will stark sein und fromm werden, wie du bist, der Winter soll mir auch nichts anhaben."

Und mit gewaltigem Ruck riß sie sich aus den eisigen Armen, die sie umkrallt hatten, sie schlug nach den rauhen Händen, die ihr Kleid zwischen den Steinen festhalten wollten, knisternd zerbröckelnd. Mit solchem jungen Springinsfeld konnte der alte Winter nicht Schritt halten, und er saß brummend im Schnee und mußte seine Ohnmacht eingestehen und die Unmöglichkeit, die flinke Ilse einzufangen.

(1850)

Hans Spitzmann,
Schloß Blankenburg

Helmut Dobinski

Winterlied

Die Eichenblätter singen,
Herbstharfe spielt das Licht.
Glück tanzt auf weißen Schwingen,
weckt Sehnsucht und Verzicht.

Wildwechsel kreuzen zagend
des Menschen Schall und Rauch.
Ein Schritt knirscht fern und fragend,
die Antwort klirrt am Strauch.

Vereistes Krähenkrächzen
stürzt auf den Wandrer hin.
Die Bäume starrn und ächzen
und träumen vom Beginn.

Carl Bindemann

Die Schlittschuhläufer

O seht doch den See, wie er blinket und starrt!
Die Fläche wie Spiegel, wie Eisen so hart!
Auf, gürtet den Fuß euch und schnallet den Stahl!
Hinab in der Wellen vereisetes Tal!

Die Sonn' und der Himmel, wie strahlend, wie rein!
Die Felder - wie blitzend von Edelgestein!
Am Ufer von Vögeln ein buntes Gemisch,
tief unten im Grunde der spielende Fisch.

Du Zärtling, der jeglichem Nordwind erbebt,
sein Leben im wärmenden Zimmer verlebt,
enthebe dich, Feiger, der weichlichen Ruh!
Verhüll' dich in Pelze, sieh staunend uns zu!

Wir spotten der Pelze, wir spotten der Ruh,
wir fliegen und schweben auf eisernem Schuh,
jetzt alle zerstreut und kreisend und frei,
jetzt dicht aneinander gekettet vorbei.

Nun sinket die Sonne, nun glühet der See,
der Abendwind sauset und stäubet den Schnee;
dort über die Fläche, da seht ihr ihn fliehn.
Geschwinder, ihr Kinder, eilt rascher dahin!

W. Klemm,
Eisläufer
(um 1930)

Alfred Pohlmann

Winter

Grad as'n witt Laken is rings wied de Welt:
Witt sin all de Dakers, un witt is dat Feld.
In d' Stuw, an de Fenstern de Iesblömers blöhn.
Nä, kiekt doch mal, Kinner, wo lött't doch de schön!

In'n Ber(n)bom, vör de Hinnerdör, da sitten un trurn
so plustrig de Sperling, de klamen, un lurn,
dat ball dat werr warm werd, und ball werr deit daun,
un sei all tohop sick werr Nester könn' baun.

De Döschers (= Drescher), de döschen klippklapp up de Deel.
Un Vagels mit Böster (= Brüsten), so rot un so geel,
de kamen von wied un von sied vör de Schün
un denken, da werdn sei ehr Deel ok woll kreegn.

De Schol hät de Kinner to lang nu all wahrt.
Nu sledden se un sliddern, dat hät man so'n Art.
Voll Freud un met Juchhei sind se all up de Been
up d'Strat un up't Ies, nä, wo geiht doch dat schön!

Kolt kümmt her ut Meddernacht buten de Wind.
In de Stuw, still an'n Owen, sitt Mudder un spinnt.
Mit surrent un snurrent dreht drall se ehr Rad,
dicht nächst ehr, da spinnt ok un snurrt unse Katt.

Ha'k all doch irst spunnen mien Flass un mien He(de),
so denkt sei, denn is ok werr' weg all de Snee.
Wo't alldewiel witt is, da is dat werr grön,
un de Blömers werdn ball woll ok buten werr blöhn.

Otto Speckter

Gustav Hesselbarth

Vorweihnachten in der Altmark

Das Spätjahr ist eingekehrt mit seinem trüben Nebel, der niederdrückenden Luft, Sturm und Regen und mit den kurzen Tagen. Die letzten Blätter sind gefallen, und nur die vereinzelten Bäume, die sich im Oktober noch einmal mit Laub schmückten, auch im Klötzer Forst noch einmal Blätter hervorbrachten, haben einen graugrünen Schimmer behalten. Bußtag und Totenfest sind vorbei, und mit ernstem Blick hat man auf das verflossene Jahr mit all seinen Erinnerungstagen zurückgeschaut. Aber nun ist es wieder Advent, und mit einem Fuß stehen wir schon in der frohen Weihnachtszeit.

In der Altmark regen sich viele fleißige Hände, namentlich sind es die Handwerker, die sich von frühmorgens bis in die sinkende Nacht mühen. Weihnachtsbäume aus den Letzlinger und Klötzer Wäldern werden durch fliegende Händler zum Verkauf angeboten und von den Eltern gekauft, wenn die Kinder in der Schule sind. Die Bäume werden dann in den Kellern oder auf den Hausböden bis zum Heiligen Abend versteckt gehalten und dann angeputzt. Des Abends ging früher der “Aschkerl” umher und fragte die unartigen Kinder, ob sie auch beten könnten; konnten sie es, dann wurden sie mit Näschereien beschenkt. Doch wehe, wenn sie kein Weihnachtsgedicht aufsagen konnten. Sie wurden dann in den mit Asche be-schmutzten Sack gesteckt und auf die Straße getragen. Dieser Brauch hat sich im Drömling, im Hansjochenwinkel (zwischen Salzwedel und Diesdorf) und im Kalbischen Werder zum Teil noch erhalten. Junge Burschen gehen als “Aschkerl” namentlich in der Weihnachtsnacht umher.

Am Heiligabend werden die Kinder früh zu Bett gebracht, denn am Weihnachtsmorgen um fünf, wenn die Glocken das Fest einläuten, war die Bescherung. Da gab es denn für die Kleinen vor Erwartung und Freude wenig Schlaf.

Jetzt werden wohl durchgängig am Abend vor dem Fest die Kerzen an den Bäumen angezündet und die Weihnachtsgeschenke verteilt. In manchen Gegenden der Altmark ist es heute noch vielfach Sitte, Zweige vom Kirschweichsel und anderen Bäumen abzuschneiden und sie im Wassergefäß an den Ofen zu stellen. Durch die Ofenwärme entfalten sich dann die Zweige zur Blüte, Diese Sitte stammt daher, als man den lichterstrahlenden Tannenbaum noch nicht kannte, der erst im vorigen Jahrhundert allgemeine Verbreitung gefunden hat.

Noch möchte ich eines Umstandes gedenken: Die Weihnachtsbäume wurden ehmals vielfach mit bunten Papierstreifen ge-schmückt, woran unten Zuckerwerk, Nüsse und dergleichen angesiegelt wurden. Die Walnüsse wurden vorher vergoldet oder versilbert. Sie wurden mit Gold- oder Silberschaum überzogen. Lichte kannte man nur als "Wachslichte". Sie wurden um die Tannenzweige gewunden.

Manche durch Siegellack an den Papierstreifen befestigte Nuß fiel wieder ab, die dann von den Kindern aufgenommen und gegessen wurde. Die Errungenschaften der Neuzeit haben auch hierin in der Altmark Wandel geschaffen. Man findet durch Gas- oder elektrisches Licht erleuchtete Weihnachtsbäume vor.

(1921)

Alfred Pohlmann

To Wiehnachten

To Wichnachten is't doch de seligste Tied!
Da freun all de Lü' sick van wied un von sied.
Wenn't irstmal von'n Hewen sacht dal geiht de Snee,
wat is't denn bie de Kinner förn Freud un Juchhe!

Nu kümmt ball, so ropen's, heel' Christ wedder her
un brengt uns'n Blasding, brengt Puppen un Per(d).
Un wenn'r nu kom' is, un de Klocken irst klingn,
denn is't so, as mücht'n män ümmerto singn.

Ja, sinst män un hört män nipp (= genau) mit de Ohrn,
Wo s' ropen: De Heiland, de is uns geborn!
Ja, singt män un freut ju ringsüm in de Lan(d).
Von Gold un von Lichters hell glitzert de Dann.

Wo söt klingt von neien de Wiehnachtsgesang!
De Jungs, de trumpeten un trummeln damang.
To Wiehnachten is't doch de seligste Tied,
da freun all de Lü sick van wied un von sied.

Gustav Hesselbarth

Vom Weihnachtsläuten in Kalbe

Vor Weihnachten bis zum Dreikönigstag (6. Januar) dauern die "heiligen Nächte". Während dieser Zeit darf nach alter Volksmeinung nicht gewaschen werden. Wer es tut, bekommt Rheumatismus in den Händen. Auch dürfen keine Hülsenfrüchte gegessen werden. Wer sie ißt, muß an Geschwüren leiden. Diese Sitte wird in der Altmark noch gehalten.

In Kalbe an der Milde läutet es in den Wintermonaten am Abend um acht Uhr, während der "heiligen Nächte" aber nicht, und zwar aus folgendem Grunde:

Zu Anfang des Jahrhunderts wollte einmal der Küster am Heiligabend läuten. Die Glocke; aber versagte, auch sah er lauter "weiße Hände" am Glockenstrang. Er meldete das dem Superintendenten, damals Inspektor genannt:

"Herr Enspekter", sagte er, "ick kann hüt Oambd nich lüen, denn an't Strick sind luter witt Hänn, de holln 'n Strick up! De Klock, de klappt un will nich lüen."

"Dann läuten sie eben nicht!" ordnete der Inspektor an: "Versuchen sie es alle Abend. Solange sie weiße Hände sehen wird nicht geläutet." Bis "Heilig Dreikönig" sah der Küster die weißen Hände. (1921)

Adolf Mund,
Christnacht (Marienkirche zu Salzwedel)

Hanns H.F. Schmidt

"Wir haben seinen Stern gesehen ..."

Salzwedeler Weihnachtsbilder von Adolf Mund

Wenn der Evangelist Matthäus, der wahrscheinlich ein Jünger des Jesus von Nazareth gewesen ist, die Weihnachtsgeschichte erzählt, ist das Kind im abseits gelegenen Bethlehem bereits geboren. Das wichtige Ereignis ist für Matthäus eine andere Begebenheit: Es sind Weise aus dem Morgenland nach langer, beschwerlicher Wanderung in Jerusalem angekommen, Magier, Sternseher und Naturkundige, allen Geheimnissen unseres Lebens und der Welt beharrlich auf der Spur. Hinter jeder Veränderung des Gewohnten steht für sie eine allumfassende Macht. Jede Neuerung ist ihnen ein Fingerzeig für Umwälzungen. Und diese Magier - aus der Bibel erfährt man nicht, wieviel es gewesen sind - haben einen neuen, hellglänzenden Stern am Firmament entdeckt. Die unerhörte Tatsache davon sind die Weisen völlig überzeugt, deshalb haben sie sich auf die mühselige Wanderung Nacht für Nacht gemacht - kündigt mit Gewißheit ein neues Zeitalter an. Ein König wird geboren, sagen die Weisen, eine neue, starke Macht, und endlich leben die Menschen in Gerechtigkeit und Frieden. Diesen uralten, sehnsuchtsvollen Wunsch kennen die Weisen, und der helle Stern am Himmel ist für sie unbedingt das Zeichen seiner nahen Erfüllung. "Wie schön leuchtet der Morgenstern", heißt es in einem unserer Weihnachtslieder.

Zum Weihnachtsfest im Jahre 1931 zeichnete in Salzwedel der am Gymnasium tätige akademische Zeichenlehrer Adolf Mund die Kirche Sankt Katharinen. Der Künstler war am 12. April 1889 inZorge im Südharz geboren worden. Der Abschied vom Gebirge und seinen Naturschönheiten, das gerade im Werk der Romantiker wie Heinrich Heine, Ludwig Tieck und Joseph von Eichendorff bleibende Spuren uns hinterlassen hat, fiel dem Zehnjährigen sicherlich schwer. Aber der Vater - ein Ingenieur mußte nach Erfurt übersiedeln, um seine Arbeit zum Erhalt der Familie fortzusetzen. Nach dem Abitur studierte Adolf Mund in Erfurt, Weimar und Breslau.

Adolf Mund,
Sankt Spiritus in Salzwedel-Perver

Seine künstlerischen Fähigkeiten und Interessen konnte er am besten im Beruf des Zeichenlehrers mit dem Zwang zum Broterwerb verknüpfen. Das war eine Lebensaufgabe, die nur im Frieden gedeihen konnte. Doch nun wütete der erste große Krieg in Europa. Eine Nacht, in der man sich nur mit Mühe und großer Hoffnung den Glauben an einen guten Stern über dem Leben und dieser Welt bewahren konnte. Friedrich Rückert bat 1834:

"O laß dein Licht auf Erden siegen,
die Macht der Finsternis erliegen
und lösch der Zwietracht Grimmen aus,
daß wir, die Völker und die Thronen,
vereint als Brüder wieder wohnen
in deines großen Vaters Haus!"

Krieg, Krankheit, Gefangenschaft - sechs wichtige Lebensjahre waren für Adolf Mund vorüber, aber nicht verloren. Die pädagogische und künstlerische Tätigkeit begann für ihn und seine Frau, die als Zeichenlehrerin am Gleiwitzer Lyzeum wirkte, mit neuen Belastungen. Der gute Stern, der nun endlich über ihnen stand, wurde gleichsam von lastenden Wolken überschattet. Der Teil Schlesiens, in welchem man sich ein Zuhause schaffen wollte, wurde dem neuerstandenen, endlich vereinigten Polen zu gesprochen, und Adolf und Marie Mund mußten sich auf einen beschwerlichen Weg in das Unbekannte begeben. Aus der vorgelegten Liste deutscher Städte in denen sie Unterkunft finden sollten, wählten sie Salzwedel. Da gaben weder Neigung noch Liebe den Ausschlag, sondern dort gab es eine Möglichkeit zu arbeiten. Im Jahre 1922 herrschte aber in der Stadt an der Jeetze ein bedrückender Wohnungsmangel, und erst vier Jahre später - nach drei Umzügen - konnte eine ansprechende Wohnung in der Bismarckstraße 33 bezogen werden, wo man bis 1948 wohnte, in der die Kinder aufwuchsen.

Adolf Mund nahm die neue, ungewohnte Umgebung nicht nur lediglich hin. Er hatte erfahren, daß nur menschliches Tun für die Gemeinschaft und künstlerisches Mühen in ihr wichtige, lebenswichtige Wurzeln schlugen. Neben seiner Berufsarbeit im Gymnasium fand Adolf Mund die für ihn notwendige Tätigkeit in seiner Kirchengemeinde. Und er verstand es vor allen mit seiner Meisterschaft in den grafischen Techniken, stimmungsvolle Blicke auf ein unbekanntes, in der Hast des Alltages auch damals schon übersehenes Salzwedel zu entdecken und vielen Menschen ersteinmal vor Augen zu bringen.

Die Spannung zwischen dem abstoßend Kalten und Abweisenden der Winternacht und dem lockenden Licht, das Wärme und Geborgenheit verspricht, hat Adolf Mund besonders eindrucksvoll in einigen Linolschnitten dargestellt, die um die Mitte der zwanziger Jahre in seiner neuen Heimat entstanden sind.

Von der Kirche zum Heiligen Geist im einstigen Salzwedeler Vorort Perver ist nach dem Abbruch des Schiffes im Jahre 1792 nur der Chor erhalten geblieben. Mit einer Arkadenwand für die Glocke wurde er geschlossen. Dicht fallen die Flocken auf den stillen, menschenleeren Winkel. Sie setzen sich auf den struppigen, längst entlaubten Zweigen der

Adolf Mund,
Christnacht (Marienkirche zu Salzwedel)

Bäume nieder, auf dem Dach und den Strebepfeilern, die das alte Backsteinmauerwerk einigermaßen im Lot halten. Aber gleichzeitig strahlt durch die hohen Fenster des Kirchleins Licht. Das Inneren des verlassenen Gehäuses birgt eine geradezu unerklärbare Flut von lockender Helligkeit und ersehnter Klarheit.

Der Evangelist Matthäus erzählt über die Weisen, die alle Strapazen einer Reise in das Unbekannte auf sich genommen hatten: “Der Stern, den sie im Morgenland gesehen hatten, zog vor ihnen her, bis er über der Stelle stand, wo das Kind war. Als sie den Stern sahen, wurden sie hocherfreut, gingen in das Haus und fanden das Kind mit Maria, seiner Mutter ...”

In seiner Darstellung zur Christvesper 1931 in der Kirche Sankt Katharinen zu Salzwedel wiederholt Adolf Mund mit seinen künstlerischen Mitteln das Geheimnis und den Sinn der alten Geschichte. Alte und junge Menschen, Schatten nur, Schemen, kommen aus der Nacht und wandern auf das hellerleuchtete Gotteshaus zu. Selbst die Turmöffnungen füllt das warme Licht. Und wenn euch zahlreiche Sterne am dunkelblauen Winterhimmel funkeln und blitzen, sie sind winzig und bedeutungsvoll für die Menschen im Vergleich mit dem Licht, mit dem ruhig strahlenden Stern der Hoffnung, der zur Kirche gehört. Und gerade Ende des Jahres 1931 waren viele Menschen ohne Hoffnungen auf ihrem dunklen Lebensweg. Im Dezember gab es in Deutschland 4,38 Millionen Arbeitslose. Die Regierenden versuchten, mit "Notverordnungen" Herr der verworrenen Lage zu werden. Ein Jahr später sollten 5,66 Millionen Deutsche ohne Arbeit sein.

Es wer eine schwere Zeit, in welcher für vlele Menschen die Verheißung des Propheten Jesaia unerfüllbare Verheißung waren: “Denn uns ist ein Kind geboren, ein Sohn ist uns gegeben, und die Herrschaft ruht auf seiner Schulter ..."

Adolf Mund versuchte in Salzwedel auf seine, christliche Weise jungen Menschen zu helfen. Er leitete Jugendkreise, um das Gefühl für die Kraft, die in der Gemeinschaft liegt, zu entwickeln. Adolf Mund organisierte in den Ferienzeiten Wanderungen mit geringen Mitteln für seine Schüler in das Altmarkland, ins Hannöversche und die Prignitz. “Zum Ende eines jeden Schuljahres wurden im Zeichensaal die künstlerischen Leistungen der Schüler im Zeichnen, Malen, Holzschnitt und Werkkunst ausgestellt, abgerundet durch die Arbeiten des Lehrers.”

Auch einen Linolschnitt von der Marienkirche zu Salzwedel im winterlichen Flockenwirbel hat Adolf Mund geschaffen und ihm den Titel “Christnacht” gegeben. Auch hier durchstrahlt die Fenster ein starkes Licht. “Das Volk, das im Finstern wandelt, sieht ein großes Licht, und über denen, die da wohnen im finstern Lande, scheint es hell”, steht in der Bibel. Als der vielbeschäftigte Zeichenlehrer des Salzwedeler Gymnasiums diese Grafik schuf, war die bitterste Zeit für unser Volk noch gar nicht angebrochen. Das Jahr 1933 kam, und auch die Unterdrückung des Glaubens ließ danach nicht lange auf sich warten. Der Superintendent Hans von Sauberzweig schrieb rückblickend: “Als der Kirchenkampf begann, war Herr Mund von Anfang an mit auf der Seite der Bekennenden Kirche. Es gab für ihn in all’ den damals schwebenden und bedrängenden Fragen kein Schwanken und Wanken.

Adolf Mund,
Winternacht (Sankt Spiritus in Salzwedel-Perver)

Er wußte, wo er hingehörte. Er dachte auch nicht daran, sich durch Rücksicht auf seine Stellung als Gymnasiallehrer beeinflussen zu lassen." Der glaubensstarke Christ wurde bis 1945 gerade noch geduldet, als aber dann schon wieder ein dogmatischer Geist die Bildung der heranwachsenden Generation nach "wissenschaftlichen Grundsätzen" vorschrieb, wurde Adolf Mund als Gymnasiallehrer entlassen ...

Jochen Klepper schrieb 1938 in gleicher Bedrückung:

“Noch manche Nacht wird fallen
auf Menschenleid und -schuld.
Doch wandert nun mit allen
der Stern der Gotteshuld.
Beglänzt von seinem Lichte,
hält euch kein Dunkel mehr."

Eine Wahrheit, die uns auch Adolf Mund mit seinen einfachen Weihnachtsbildern weitergegeben hat, und ohne sie wären manche Irrwege, auf denen wir unterwegs sein müssen, ohne jedes Ziel.

Waldemar Uhde

Wat ick mick tau Wiehnacht wünschte

Du frögst mick, Schatz, wat ick mick wünschte
von dick tau ‘t nächste Wiehnachtsfest?
Lang hew ick dröwer nahesunnen,
ick bin noch nie sau wunschlos west.

Seitdem du mick dien Leiw hat schenket
un mick dien golden Herz beschert,
is nist up Goddes wieder Er(d)e
mick sau wie du begehrenswert.

Doch wist du dennoch mick beschenken,
bei (=biete) mick tau Fest nen frohen Gruß
un unnern gluhen Wiehnachtsboame,
giw mick en einzgen säuten Kuß.

Erich Simon,
Kleinstadtidyll

Karl Mingerzahn

Vor Wiehnachten

Dat Wiehnachtsfest steiht vor der Dör,
un dorch den dichtvorsnieten Wald
geiht abends mit 'en Jagdgewehr
de Amtsrat un röpt plötzlich: Halt!

De Sache geiht 'ne gegen 'n Strich,
da in den Fichten stimmt wat nich,
da stimmt wat nich, da rö(hr)t seck wat,
wat Hänne un ok Beine hat.

Hei spitzet sien geschultes Ohr
un geiht ganz sachte drei Schritt vor,
röpt denn noch mal, dat Echo schallt
von allen Sieten: Halt! halt! halt ...

Twei Jungens awer wie in Drom
- in einer Hand en Wiehnachtsbom
und in der annern (Dunnderkiel!)
ne Bomsaa (=Baumsäge) un en Hackebiel -
stahn wie saun Pahl im Winterdag
fast regungslos im Fichtenschlag.
Un Wilhelm, de kaum atmen kann,
seggt: August, dat is de Wiehnachtsmann!

Doch August, de nich ganz sau wiet
davon steiht un de Flinte sieht,
sliekt rasch retour, glatt wie sau'n Aal,
un löpt denn los op einenmal
als harr 'ne glatt ne Wespe stoken
dorch 't Tüch bet op den Schinkenknoken.

Walter Gemm,
Der Düsterngraben in Halberstadt

Hei polter ewwer Stock un Steine
als harr hei ut gekrümmten Draht
Sprungfeddern unter beide Beine
un denkt bloß eins: Dat gift ne Naht!
Sleit rasch vor Schreck drei Hasenhaken
un röpt bie'n Utdenstoowemaken:
Wilhelm, Wilhelm, holt deck ran,
et gift gar keinen Wiehnachtsmann!
Dat is sau klar wie dicke Tinte -
de ole Amtsrat mit der Flinte!

Wilhelm Osterwald

O Tannenbaum

O Tannenbaum, wie Kindestraum,
rauscht mir der Wipfel dein,
ich traue meinen Sinnen kaum
und glaube heim zu sein,
wo mir aus deinen Zweigen
Erinnerungen wehn,
und selbst dein erstes Schweigen
kann sinnend ich verstehn.

Seh ich dich an, zurücke schier
schwebt mir die liebste Zeit,
in der du warst die Brücke mir
zur Kindesseligkeit,
wenn Weihnachtskerzen schmückten
dir deine grüne Zier,
und goldne Äpfel drückten
die vollen Zweige dir.

O Tannenbaum, du trotzest kühn
des Sturmes scharfem Streich.
Im Winter wie im Sommergrün
bleibst du dir immer gleich.
Gott grüß dich, edle Tanne,
du Baum so stark wie mild,
und sei auch stets uns allen
der guten Treue Bild.

Klaus Ozminski

Paul Ernst

Weihnachtserinnerungen aus dem Harz

Einmal, das war im Dezember, wurde eine große Hobelbank in die Stube gebracht. Nach dem Abendessen sägte und hobelte mein Vater. Meine Mutter saß mit ihrem Strickzeug auf der anderen Seite der Bank. Ich hörte aus ihren Gesprächen, daß Etwas bevorstand. Ich wurde ins Bett gebracht und sah durch das Gitter. Da sah ich, wie ein kleiner Zaun entstand, wie mein Vater ein Türchen hineinsetzte, wie er den Zaun um ein ganz großes, viereckiges Brett befestigte, in dessen Mitte ein rundes Loch war. Ich stand in meinem Bettchen auf und fragte, was das sei. Die Mutter kam, legte mich wieder hin, beruhigte mich und sagte: “Das ist der Christgarten.”

Die hatte mir schon vom heiligen Christ erzählt, ich wußte, daß der heilige Christ ein kleines Kind war wie ich, und nun dachte ich, daß mein Vater auch noch einen Buchsbaumweg zimmern werde mit Stachelbeersträuchern zu beiden Seiten, und daß das Christkind in dem Garten auf und ab ging, der ja sein Eigentum war, und sich ab und zu im Gehen eine Stachelbeere pflückte. Diese Vorstellungen gingen allmählich in Traum über, und bald war ich in tiefem Schlaf.

Als ich am andern Morgen aufwachte, da waren Hobelbank, Werkzeug und Christgarten verschwunden. Ich fragte stürmisch nach dem Christgarten. Meine Mutter schüttelte den Kopf und tat, als ob sie mich nicht verstehe. Ich schilderte ihr den Christgarten mit dem Zaun und der Tür, dem Buchsbaumweg und dem auf und nieder gehenden Christkindchen; aber meine Mutter meinte, das müsse ich wohl alles geträumt haben.

Nun erzählte mir die Mutter, daß jetzt die Zeit nicht mehr fern sei, da das Christkindchen kommt und den artigen Kindern allerhand Geschenke mitbringt. Es trägt das Christbäumchen in der Hand an dem viele Lichter brennen und Äpfel und goldene und silberne Nüsse hängen. Es hat ein langes, weißes Kleid an und hat lange, weiße Flügel. Ich bestürmte meine Mutter mit Fragen, ob das Kind durch das Fenster hereinfliege, oder durch die Haustür und dann die Treppe heraufkomme, ob auch die Gardinen nicht anbrennen, wenn es zum Fenster hereinfliegt, und ob die Kerzen nicht auf den Boden tropfen und häßliche Flecke machen.

Nun hing ich den ganzen Tag meiner Mutter am Schürzenband, wenn sie in der Küche war oder in der Stube, und wenn ich meiner Mutter nicht habhaft werden konnte, dann wendete ich mich an die Großmutter. Wir alle drei dichteten daran, wie das Christkind seine Kerzen an den Sternen ansteckte, und wie es vom Himmel herniederflog, und wie es auf der Straße die Leute nach dem Weg fragte, und wie es bei Kaufmann Engelbrecht Einkäufe machte, und was sonst noch geschehen konnte mit ihm.

An einem Morgen erwachte ich und sah, wie meine Mutter die Stube aufräumte. Ich stand, in meinem Bettchen auf und lachte. Meine Mutter eilte auf mich zu, nahm mich aus dem Bettchen und sagte: "Heute ist Weihnachtsabend, da kommt der heilige Christ."

Nun war den ganzen Tag eine fieberhafte Aufregung. Ich fragte die Mutter, aber sie schickte mich fort und sagte, sie habe keine Zeit; ich ging zur Großmutter, die saß auf der Fußbank und hatte ihr ganzes Zinngeschirr vor sich stehen. Das Zinngeschirr wurde längst nicht mehr gebraucht. Die Großmutter hatte es in ihrem Koffer und holte es zu allen hohen Festzeiten hervor, um es zu putzen; dann schloß sie es wieder sorgfältig ein ... Ich setzte mich auf die Erde zu der Großmutter und fragte sie nach dem heiligen Christ, aber sie sagte: "Du mußt mich nicht stören, Junge, ich habe heute viel zu tun, ich weiß nicht, wie mir der Kopf steht."

Der Tag war grau, man konnte am Licht nicht recht sehen, welche Tageszeit es sein mochte. So fragte ich denn die Großmutter: "Ist es bald Abend?" Sie schüttelte den Kopf. Ich lief in die Küche, aus der die Mutter mich schon geschickt hatte, und fragte die Mutter: "Ist es bald Abend?" Sie sagte geduldig: "Nein, Paul, es ist erst zehn Uhr." Ich fragte sie: "Wie lange dauert es noch bis zum Abend?" - "Wir haben ja noch gar nicht zu Mittag gegessen", sagte sie.

Ich wurde zu Keitels hinuntergeschickt, wo die beiden Mädchen in der gleichen Aufregung waren. Sie erzählten mir von einer Anziehpuppe. Eine Anziehpuppe war auf einen Bogen gedruckt und hatte nur das Hemd an. Neben ihr waren alle ihre Kleider aufgedruckt. Man mußte Alles ausschneiden und klebte dann mit Spucke die Kleider auf die Puppe. Die hatte denn ein Alltagskleid und ein Sonntagskleid, und ein gutes Seidenes und Handschuhe, und was weiß ich sonst noch für Gegenstände. Die beiden Mädchen nahmen an, daß das Christkindchen ihnen eine sclche Puppe bringen wurde. Schuster Keitel auf seinem Schemel schmunzelte. Die Ankleidepuppe war nur ein Nebengeschenk. Das Hauptgeschenk war für jedes Mädchen ein Paar neue Schuhe, fest, aus derbem Leder, und genagelt. Die Zeit verging bei Keitels, und meine Mutter rief mich zum Mittagessen.

Nun kam der lange Nachmittag, der gar kein Ende nehmen wollte. Ich lief auf die Straße und sah zum Himmel, ob ich dort Etwas vom Christkindchen sehen konnte. Aber vom Himmel war gar nichts zu merken, denn dicke Wolken hingen tief über der Stadt (Elbingerode). Ich lief zurück und fragte die Mutter, ob das Christkindchen sich auch nicht verirren werde, denn man könne vom Himmel her Elbingerode nicht sehen. Meine Mutter tröstete mich und sagte, das Christkindchen wisse schon Bescheid. Aber mit solcher Antworten, die mir nichts erklärten, kam sie schön an. Ich fragte sie, woher es Bescheid wisse. In der Verlegenheit antwortete sie: "Das lernt das Christkindchen in der Schule." Da fragte ich, ob es viele Christkindchen gebe. Das mußte sie ja nun verneinen. Aber immerhin hatte ich ja nun eine Anregung für eigenes Nachdenken und ließ meine Mutter für eine Weile in Ruhe.

Gegen Abend wurde ich zur alten Grobben geschickt. Dort fanden sich auch die beiden Mädchen von Keitels ein. Die alte Frau saß in ihrem Lehnstuhl, wir Kinder saßen auf der Erde um sie herum. Es war die Dämmerstunde. Sie erzählte uns vom Herrn Jesus wie eine Zählung war im Lande Galiläa, genauso wie bei uns, wo Onkel Wode mit einem großen Bogen gekommen war und alles aufgeschrieben hatte. Da hatten sich seine Eltern einen Esel gekauft und die Jungfrau Maria hatte sich auf den Esel gesetzt, und der heilige Joseph hatte den Esel am Halfter geführt, und so waren sie nach Bethlehem gezogen. Bethlehem aber war ein Stall, in dem ein Ochse stand, neben den wurde der Esel angebunden, da wurde der Herr Jesus geboren und dann sangen die Engel, und die heiligen drei Könige kamen. Sie brachten Gold, Weihrauch und Myrthen und daher kommt es, daß eine Braut am Hochzeitstage ein Myrthenkränzlein trägt . Die alte Frau hatte einen Myrthenstock im Fenster, von dem einst ihr Brautkranz abgeschnitten war, und so erzählte sie denn von ihrem Brautkleid. In dieser Weise verging die Zeit, da wurde leise angeklopft, meine Mutter steckte den Kopf durch den Türspalt und nickte mir zu. Ich lief schnell zu ihr hin, sie nahm mich an die Hand, und wir gingen die Treppe hoch.

Oben tat sich unsere Stubentür auf, und da stand der Weihnachtsbaum, brennend mit vielen Lichtern, mit Äpfeln und goldenen und silbernen Nüssen, mitten in dem Christgarten. Ich blieb auf der Schwelle stehen und starrte ihn entgeistert an. Der Vater nahm mich auf den Arm, und Mutter und Großmutter zeigten mir die Geschenke. Da war eine Arche Noah, das war ein Schiff mit einem Häuschen darüber; die Fenster waren sauber mit Gardinen bemalt. Noah und seine Familie standen jedes auf einem runden grünen Brettchen; sie hatten blaue Anzüge an, und auf jeder Backe waren sie schön rot. Ihre Augen waren himmelblau, und es war, als ob sie alle lächelten. Man konnte nicht recht erkennen, welches Männer und welches Frauen waren, denn der Teil unterhalb der sehr schmalen Mitte war nur ein ungeteilter Holzpflock. Die Tiere waren sehr viel kleiner und hatten keine Brettchen, auf denen sie standen, so daß sie gelegt werden mußten; aber von jeder Art war da ein Paar: ein Stier und eine Kuh, ein Paar Schweine ein Paar Schafe, ein Paar Hunde, ein Paar Tauben und wohl noch mehr. Alle Tiere hatten die gleiche Größe. Meine Mutter zeigte mir die Menschen und die Tiere, jedes einzeln, und ließ sie in der Hand tanzen. Ich konnte gar nichts sagen vor Glück; aber dann wurde ich müde und rieb mir die Augen. Meine Mutter nahm mich dem Vater ab, zog mich schnell aus und legte mich ins Bett; noch während, sie mich auszog, verschwamm der strahlende Weihnachtsbaum vor meinen Augen.

Ludwig Richter

Am andern Tag spielt ich mit meiner Arche Noah, setzte mich unter den Christbaum, sah in die Zweige hoch und tastete ihn ab, so weit ich mit meinen Händchen reichen konnte.

Am Abend kam etwas Neues. Auf dem runden Tisch in der Mitte stand eine Lampe, die ein strahlendes Licht verbreitet. Sie hatte schon am heiligen Abend dort gestanden, aber ich hatte sie nicht gesehen. Das war das Geschenk meines Vaters an meine Mutter. Damals kam das Petroleum auf. Mein Vater hatte am vorhergehenden Sonntag eine Ausrede gebraucht, war nach Wernigerode gegangen und hatte sie dort gekauft ... In den Weihnachtstagen besuchten uns viele Leute, um die Lampe zu betrachten; sie war die erste ihrer Art in Elbingerode, und es wurde viel über Wert und Unwert des neuen Brennmittels gesprochen.

Karl Koch

Fritz Hagen

Wiehnachten in uns' Windmöll

Düsse Geschicht mütt ick noch ümmer werrer enns verteIln, weil mi de Lüd seggt hemm, dat se ehr so schön gefallen deit, wo se doch so richtig to Wiehnachten paßt.

Mien Vader is nämlich enns van de letzten oltmärischen oltmärkischen Windmöller 'wesen. Un he hätt sick noch lange Tied soveel Möh gewen, dat de weinig Mölln in Gang blewen sind. Meist ha' je darmit to don, dat de ollen "Windbück" gangbare Flögel behollen hemm. Nu ha' Vader ok noch'n bitschen Möllenbauer mitto 'lehrt. Un so is uns Windmöll bit in de letzten Kriegsjahrn stahnblewen.

Uns Möll stund up halwen Weg twischen dat Dörp Mehrin un den Dolchauschen Berg. De Berg hätt ehr veel goden Wind wegnomen, un de hohen Dannen up de Vienausche Feldmark ok. Wenn öwer de Wind Ut'n "Nacht" - van Norden her - kommen dä, denn wär Lewen in de Möll, denn schaffte dat in de Säck.

Nu wär in de Wochen vör Wiehnachten keen rechtn Möllnwind mehr 'wesen, un de Lüd in dat Dörp luerten up ehr Mehl un Schrot. Heiligawend-Nahmeddag käm up enns Wind up. Scharpen Wind mit Schneedriewer ut'n Nordwesten wär dat.

"He müßt nah' de Möll !" meinte Vader: "Morren künn dat werrer windstill weern". He hatt mi an de Hand fat, un denn sind wi tosammen an den frostigen Awend nah uns Möll gahn.

"Wo is denn nu äber uns Wiehnhachtsbom?" wollt ick weeten. Ick wär dunnmal knapp teihn Jahr olt.

"De Wiehnachtsbom liet all unner uns Möll", sä he, "un den Bombe-hang un de Talglichter hätt Mudder tosammen mit Honnigkoken un warmen Kaffee in den Rucksack steken, den ick mitschleppen do."

De Wind puste uns in d' Gesicht. Als wi denn de Möllntrepp rupstegen weern un de Dör hinner uns ha'n wurd' dat wärmer. Un nun flogen denn ok glieks de Flögel van uns Windmöll rundüm, as wenn se van den Fierdag nix weeten wolltn. Un dat schaffte wėg in de Säck - Mehl un Schrot!

Ick häw derwiel in de enge Kammer, de fast jede Möll hemm dä, den iesern Ofen anböt't, dat et mollig warm wär. Un denn erst häw ick den Wiehnachtsbom upstellt Lametta, Engelshaar un Kugeln anhangt un de Talglichter ansteken. Denn käm Vader un hät up sien Mundfop Wiehnachtslieder spölt. Mit dat Lied tosammen hemm de groten Kammräder knarrt un de Möllnsteen rumpelt. Een wundersam Melodie in de Nacht up Wiehnachtn.

Middernacht wär all lang vorbie, as wi den warmen Kaffee drunkn un de Honnigkoken gettn ha'n. Un denn leet ick mi noch de Wiehnachtsgeschicht vertelln.

Nu wär de Möll denn up enns ümmer sachter gahn, bit se ganz still stund. Dat wär Fierdag wordn!

Da hemm wi de Lichter utpust an den Bom un sind nah Hus gahn. Sternklar wär de Nacht wordn un ganz still. Bloß ichtswo hulte een Voß un van dat Dörp her blafftn de Hunn. Wiehnachten wär da!

Klaus Ozminski
Blick auf die Rehhorst bei Kalbe/Milde

Waldemar Uhde

Dorch Ies un Schnei

Un weiht ok grimmig kolt de Wind,
un friert et Ies un Schnei,
ick komme doch tau dick, mien Kind,
dat ick dick wedder seih!

Nu klinge, Schnei, nu hule, Wind!
Wat mak ick mick darut?
'ne Miele Wegs löpt't sick jeschwind,
ielt man na siene Brut.

Un bin ick erst bie dick, mien Kind,
in dienen weiken Arm,
denn klinge, Schnei, un hule, Wind!
Mick is sau woll, sau warm.

H. Siebert

Weihnachtssingen in Lödderitz bei Schönebeck

1936

Am Heiligabend versammeln sich im Gasthause junge, unverheiratete Burschen von 14 Jahren und darüber. Einer derselben, der Vorstand, ist ihr Führer. Ein Bursche trägt einen Sack, in welchen die gesammelten Bratwürste gesteckt werden. Ein anderer Bursche, der Vorstand, trägt eine Flasche mit Schnaps. Die Flasche ist mit bunten Bändern umwickelt.

Sobald es dunkel ist - in der Zeit von 19 bis 22 Uhr - gehen die Burschen von Haus zu Haus und singen:

1. Gott schuf die schöne Sonne,
er gab dem Tag sein Licht.
Und mir, mir gab er Wonne
bei treu erfüllter Pflicht.

2. Mich hat erquickt der Schlummer,
schwer floß die Nacht dahin.
Gott schützte mich vor Kummer,
gab mir den heitren Sinn.

Außer diesem Liede werden noch andere gesungen, zum Beispiel:

Bis ich schlafen werde
unter kühlem Sand
führt der Herr der Erde
mich an seiner Hand.

Geduldsam und bescheiden
geh ich meine Bahn,
mehr soll ich nicht leiden,
als ich tragen kann.

Ist sein Rat verborgen,
dennoch ist er treu,
dennoch jeden Morgen
seine Güte neu.

Die bekannstesten Weihnachtslieder werden zweistimmig gesungen. Mädchen ziehen nicht mit. Sobald die Burschen vor einem Haus angelangt sind, sagt der Vorstand seinen Weihnachtsglückwunsch und bietet dem Besitzer die Schnapsflasche an. Darauf gibt der Besitzer den Burschen eine Bratwurst oder eine bis zwei Reichsmark Geld. Das Geld nimmt der Flaschenträger, die Wurst der Sackträger in Empfang.

Nach dem Rundgang ziehen die Burschen wieder in das Gasthaus. Hier werden die Würste gemeinsam verzehrt und das Geld in Bier umgesetzt. Die Stimmung ist naturgemäß recht fröhlich.

Oft reicht das gesammelte Geld nicht aus, um den Durst aller Teilnehmer zu stillen. Dan wird das fehlende Geld durch eine Umlage unter den Teilnehmern beschafft. Die Neulinge zahlen dann 50 Pfenning.

Ludwig Richter

Lied der Heiligen Drei Könige

aus dem Harz

In Elbingerode um 1860, in Königshütte in den 80er Jahren, wurde ein "Herodes-Katen" herumgetragen, ein auf einer anderthalb Meter hohen Stange getragenes Haus, hinter dessen offenem, mit rotgoldenen Vorhängen versehenem Fenster der König Herodes zu sehen war, und dabei sang man:

"Es geht eine goldene Schnur ums Haus;
Herodes, der guckt zum Fenster raus;
er hat eine bunte Kappe auf.
Wo seid ihr gewesen? wo wollt ihr hinaus?
Nach Bethlehem, in Davids Stadt,
wo unser Herr Jesus geboren ward.

Wir wünschen dem Mann einen goldenen Wagen,
damit er kann zum Himmel fahren.
Wir wünschen der Frau einen goldenen Ring
und übers Jahr ein kleines Kind.
Äppel und Bern ät eck gern,
awer keine Zwetschgenkern.
Lat meck nich sau lange stahn,
eck mot nochn betschen wieder gahn.
Meck friert sau an de Fäute,
Honnigkauken schmecket säute!"

Blatt zum Buchstaben C mit "Cacadu, Caffeegeschirr, Caffeemühle, Caffeetrommel, Calender, Canarienvogel, Canone, Casserol, Castanie, Cirkel, Clavier, Clystierspritze, Cnaster, Compass, Confect, Corallen, Coffer, Cürassier"
unterm Weihnachtsbaum
aus dem "Neuester Orbis Pictus oder die Welt in Bildern",
erschienen 1838 in Neuhaldensleben

Karl Müchler

Aus dem Halberstädter "Lese-, Sprach- und Gesang-Buch für die liebe Deutsche Jugend" von Joseph Theodosius Abs (1823)

Der Weihnachtsabend

Es gibt kein schön're s Fest auf Erden
als wie das Fest der Weihnachtszeit,
ein jeder wünscht ein Kind zu werden,
weil dies sich recht von Herzen freut
und voll Erwartung lauscht und schaut,
was Elternlieb' ihm aufgebaut.

O, viel zu träge schleicht die Sonne,
so früh sie heut auch niedersinkt;
weil sie zu spät die Weihnachtswonne
den unruhvollen Kleinen bringt;
doch endlich naht - o reines Glück! -
der langersehnte Augenblick.

Die Tür geht auf! Es schimmern Kerzen,
es glänzt der Gaben bunte Pracht.
Die Mutter trägt am treuen Herzen
den Säugling, der heut süßer lacht
und nach dem lockenden Konfekt
das kleine Händchen eifrig streckt.

Philipp Wegener

Vom Mann im Monde

Ein Mann hat in der Christnacht Holz getragen, wurde in Mieste erzählt, und seine Frau in der Weile gesponnen. Da ist der liebe Gott sehr böse geworden: sie sollen nicht zusammen leben zur Strafe. Gott hat ihnen die Wahl gelassen, ob der eine in den Himmel, der andere in die Hölle oder in den Mond und in die Sonne wollten. Sie haben das Letztere gewählt. So steht nun der Mann mit seinem Holzbündel im Monde, die Frau sitzt in der Sonne und spinnt.

In Irxleben hat man das folgendermaßen erzählt: Der Mann im Monde ist ein Mensch gewesen, der auf den heiligen Weihnachtsabend Holz aus dem Walde hat holen wollen. Da ist ihm der liebe Gott begegnet uncl hat zu ihm gesagt: "Weißt du nicht, daß Christnacht ist?" Der Mann aber hat geantwortet: "Ach, Christnacht hier, Christnacht dao! Ick mutt Holt hoaln!"

Dafür hat ihn der liebe Gott mit seiner Tracht Holz in den Mond gesetzt und gesagt: "Du sollst ewig Holz tragen!"

Weihnachten in der Familie
Die Radierung stammt aus dem Jahre 1851 von
Paul Wilhelm Gerhardt in Stendal

Alfred Wirth

Weihnachten im Anhaltischen

1932

Der Weihnachtsbaum war früher nur wenig behängt. Nüsse und Äpfel aus selbstgeschnittenen Säckchen aus buntem Papier, vielleicht noch einige Honigkuchensachen und ein paar Kerzen schmückten ihn. Er stand in einer im Hause angefertigten "Hitsche" oder sonst einem einfachen hölzernen Gestell. Beschert wurde am heiligen Abend oder am ersten Weihnachtstag früh. Es gab meist “nützliche Sachen” wie Mützen, Handmüffchen, Schal, Handschuhe, Strümpfe. Daneben aber auch einige Spielsachen wie Pferd, Peitsche, Trompete, Pfeife, Trommel für Knaben und eine Puppe für die Mädchen. Der Bernburger Heelechrist zog mit seinem vierspännigen, hochbepackten Leiterwagen durch das Land. Die Gaben, die zu Weihnachten verschenkt wurden, hießen ganz allgemein “Heelechrist” ...

Um sich einen "Heelechrist" zu holen, gingen die Kinder wohl auch über die Weihnachtstage zu den Paten, wo sie Honigkuchen, Nüsse, Äpfel, einen kleinen Stollen, vielleicht auch ein Heft, Schieferstift und Bleistift erhielten. Diese Gaben wurden in ein großes buntes Taschentuch eingebündelt und deshalb vielfach "Bündel' genannt.

Auch die Dienstboten und Gutsarbeiter nahmen früher an der Weihnachtsfeier der Herrschaft teil. Die Bescherung war allerdings einfach. So erhielten zum Beispiel in Kleinpaschleben die Dienstboten nur Kuchen, Honigkuchen, Nüsse, Äpfel sowie einen großen Stollen. Die Mädchen, die sich besonders gut geführt hatten, bekamen noch ein besonderes Geschenk, eine Schürze oder ein Tuch, während Kleider als Weihnachtsgeschenke sehr selten gegeben wurden.

In demselben Ort kamen die Hirten am Weihnachtsheiligabend in die einzelnen Höfe. Der Schafhirt blies dabei auf dem großen Kuhhorn den Kuhreigen und wünschte "recht fröhliche Weihnachten". Der Gänsehirt, der zugleich Nachtwächter war, tutete nur, wie er des Nachts es zu tun pflegte. Jeder von beiden erhielt zwei Stück Kuchen, Äpfel und Nüsse. Die Dienstboten begrüßten ebenda die Herrschaft am Weihnachtsmorgen mit den Worten: "Ich wünsche der Herrschaft ein recht fröhliches Weihnachten, Gesundheit, langes Leben und die ewige Seligkeit!"

Weihnachten war in manchen Orten Ziehzeit für die Knechte (Kleinpaschleben, Lindau), während die Mädchen zu Sankt Gallen (= 16.0ktober) wechselten. Am dritten Weihnachtstag war in der Zerbster und Coswiger Gegend Knechtemarkt. In Kleinalsleben erfolgte die Annahme der Gemeindediener, des Gänse-, Schaf- und Kuhhirten usw. Schon früh begaben sich die Wahlberechtigten in den Krug und frühstückten dort gemeinschaftlich. Bei der Wahl mußten die bisherigen Gemeindediener die Gaststube verlassen, damit sie etwaige Einwendungen nicht hörten. Nach der Wahl mußte jeder Neugewählte sich jedem anwesenden Gemeindemitglied durch Handschlag verpflichten.

Eine bemerkenswerte Sitte ist im anhaltischen Harz zu verzeichnen. Am 28. Dezember - dem Fest der unschuldigen Kinder zogen früher in Neudorf die Burschen zum "Kindern" vor die Häuser der wohlhabenden Einwohner und schlugen sie mit Ruten. Sie erhielten dafür Geld und Würste, beides verzehrten sie nachher gemeinsam im Gasthof. Die Sitte ist noch heute (= um1930, S.) in Straßberg im Harz üblich.

In Piethen erschienen früher die Kinder am Sylvestertag bei Verwandten und Bekannten, schlugen sie mit Ruten und erhielten gleichfalls kleine Geschenke. “Nachtklingeln” hieß die Sitte dort. Dieses Schlagen mit der Rute bedeutet doch wohl nichts anderes als die bösen Geister scheuchen und die Geister der Fruchtbarkeit und Stärke wecken ...

Das Hauptweihnachtsgebäck ist der Stollen, im Westen des andes (Anhalt) Wecke genannt, ein Gebäck, das - wie ein langes Brot geformt - durch Überklappen des Teiges in der Mitte eine in der Längsrichtung laufende Vertiefung hat. Diese Stollen gab es schon 1547. Würdig berichtet in der “Dessauer Chronik” (Seite 149): “Fürst Joachim schenkte Weihnachten dieses Jahres seinem jungen Neffen Joachim Ernst eine Pelzschaube, etliche Nürnberger Lebkuchen und einen überzuckerten Weihnachtsstollen."

Neben dem Stollen bilden die Honigkuchen das allgemein beliebte Weihnachtsgebäck. Sie sind nach der Würdig’schen “Chronik” hierzulande auch schon 1547 bekannt gewesen. Der Rat der Stadt Quedlinburg bestimmte am 20. Oktober 1559: "Das Vergolden und Versilbern an den Pfeffer- und Honigkuchen ist verboten. Die Kuchenbäcker sollen gute Honigkuchen und nicht eitel Roggenteig verkaufen und die Leute nicht überteuern, sonst wird gänzlich verboten, zum neuen Jahr oder sonst Honigkuchen zu geben.”

Offenbar haben die einheimischen Bäcker den Einkauf des auswärts gebackenen Honigkuchens nur ungern gesehen und sich beschwert. Am 19. November 1784 ordnet ein Erlaß der Bernburger Regierung kurzerhand an: "Das Einbringen fremden Honigkuchens um Weihnachten von auswärtigen Orten - insbesondere von Halle - wird, weil den einheimischen Bäckern nachteilig, verboten."

Edward Burne-Jones,
Weihnacht,
1867

Michael Prätorius

Die Winterrose

1609

Es ist ein Ros' entsprungen aus einer Wurzel zart,
als uns die Alten sungen, aus Jesse kam die Art,
und hat ein Blümlein 'bracht
mitten im halben Winter
wohl zu der halben Nacht.

Das Röslein, das ich meine, darvon Esaias sagt,
hat uns gebracht alleine Marie, die reine Magd:
Aus Gottes ewgen Rat
hat sie ein Kind geboren
wohl zu der halben Nacht.

Max Brückner,
Am Beerenstieg,
um 1925

Kaethe Schulken

Heilige Nacht im Harz

1925

Still kommt die Nacht - die heil'ge Nacht - Über weiße Wälder leuchtet die Reinheit des Sternenhimmels. An mächtigen alten Tannen hängen lange Eiszapfen, funkelnd im Sternensilber -

Die heilige Nacht - die Weihenacht -

Nicht in enger Stube mit Menschenwort und Menschenlachen will ich dich feiern, sondern einsam im Walde oben am Berge -

In meinem Rucksack trage ich weiße Kerzen und die Christuslegenden von Selma Lagerlöf. Ganz langsam wandere ich den Weg, den ich im Werden des Frühlings, im Leuchten des Sommers, im Jauchzen des Herbstes schritt, den ich wanderte bei Sturm und Regen, Licht und Sonnenschein, mit frohen Liedern auf den Lippen oder stillem Einkehrhalten bei mir selber - den Weg, an dem jede Tanne mir lieb ist, jeder Stein mich erfreut, jeder Halm mein ist - Wandern in der heiligen Nacht -

Da werden Stimmen laut, die sonst immer schweigen, die reden von sternenreinen Dingen -

Alle Tannen tragenWeihnachtskleider, weißen Samt mit goldenen und silbernen Fäden behängt - Wie große, leuchtende Weihnachtskerzen hängen einige Sterne an den Kronen und Zweigen der Tannen -

Wunderstimmung geh ich meinen Weg,
den Weg durch die Einsamkeit und Stille meiner Harzwälder -
Dann bin ich oben - am Hai - an meinem Berggarten.
Viele Tannen stehen dort, kleinere und größere - keine höher als ich -
Vor mir senkt sich mein Berggarten zu schwarzen Waldmeeren-
aufwuchten in der Ferne Brocken, Achtermann, Wurmberg -
Unendlicher Friede ringsum -
Ich ganz allein - und doch nicht einsam -
Um mich meine Berge, Wälder und die heilige Nacht!

Die weißen Kerzen hole ich aus meinem Rucksack und stecke sie behutsam auf ein Tannenbäumchen. Ich fühle, wie seine kleine Seele bebt, wie es mit mir dem Zauber dieser Stunde spürt.

Nun zünde ich die weißen, reinen Kerzen an -
Hell und ruhig brennen sie in goldenem Licht -
Mein Weihnachtsbaum!

Golden leuchtet der Schnee im Grün der Tannenäste und überstrahlt den Baumstumpf, auf dem ich hocke - Und lange, lange schaue ich in das ruhige Kerzenlicht und aufwärts zum Sternenhimmel und hinüber zu den Bergen.

Dann greife ich zu den Christuslegenden und lese:

“Es war einmal ein Mann, der in die dunkle Nacht hinausging, um sich Feuer zu leihen. Er ging von Haus zu Haus und klopfte an. Ihr lieben Leute, helft mir! sagte er. Mein Weib hat eben ein Kindlein geboren, und ich muß Feuer anzünden, um sie und den Kleinen zu erwärmen. Aber es war tiefe Nacht, so daß alle Menschen schliefen, und niemand antwortete ihm.

Der Mann ging und ging. Endlich erblickte er in weiter Ferne einen Feuerschein. Da wanderte er in dieser Richtung und sah, daß das Feuer im Freien brannte. Eine Menge weißer Schafe langen rings um das Feuer und schliefen, und ein alter Hirt wachte über der Herde und als der Hirt dem fremden Manne das weiche, weiße Schaffell schenkte, als er zeigte, daß er barmherzig sein konnte, wurden ihm die Augen geöffnet -

Er sah, daß rund um ihn ein dichter Kreis von kleinen, silberbeflügelten Englein stand. Und jedes von ihnen hielt ein Saitenspiel in der Hand, und alle sangen mit lauter Stimme, daß in dieser Nacht der Heiland geboren wäre, der die Welt von ihren Sünden erlösen sollte”

In dieser Nacht, in der heiligen Nacht - - -

Meine Weihnachtskerzen sind fast heruntergebrannt, heller aber leuchten die Himmelslichter -

Mir ist, als sängen zarte Geigen im Tann das alte Lied:

"Vom Himmel hoch, o Englein kommt!
Eia! Eia! Susanni, susanni - susanni -

Singt Fried den Menschcn weit und breit -
Eia - susanni -!"

Meine Seele ist ganz still, so ganz voll Frieden -
Voll Frieden "der von oben kommt - "

Ein Tannenzweiglein nehm ich heim - heim aus dem tiefsten Erleben meines Wanderns, aus der heiligen Nacht -

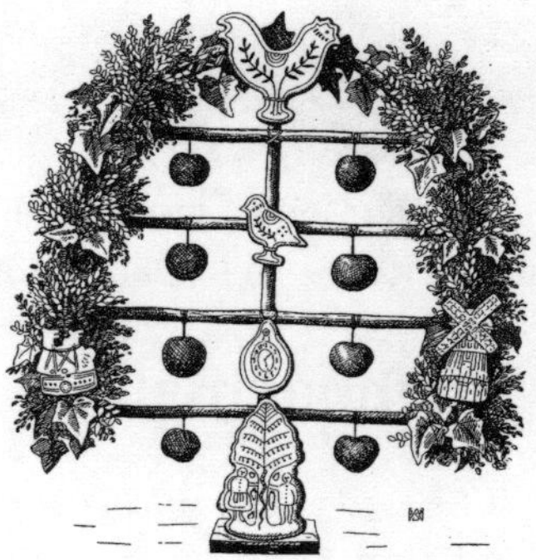

Hedwig Gorges

Die Geburt Jesus,
Relief aus der Kirche zu Möringen bei Stendal

Wiehnachtslüen

Et jift bi uns sau allderhand,
wat uns von klein op is bekannt,
wat wert uns is un leif.
Un dran ewennt sünd alle sau,
dat jeder frögt: "Wu geiht dat tau?",
wenn et mal unnerbleif.

Sau ok de Wiese feste steiht:
Wenn't Heiligabend zehne sleit,
dat denn von'n Torm et lüt't.
Un obberall steiht't Fenster op,
un jeder horkt nah'n Torme rop.
Sau makt et jeder mit.

Mannslüe sünd tesammenkommen,
hebbn en Jesangbauk mitenommen,
weil se doch immer singen!
Ne Lüchte ok, dat is jewiß,
weil't op'n Torme düster is,
süß künnet nich jelingen.

Nu schallt de Wiehnachtsklockenklang
un ollen frohen Wiehnachtssang
von Torme lut un klar.
Mannijer schöne Kinnerdrom
von Wiehnachtslust un Wiehnachtsbom
werd wedder oppenbar.

Et werd terücke ok edacht,
wu ofte wi de Wiehnachtsnacht
sau trürig sünd ewest.
Un wu wi da et lü'n ehört,
de Tränen hebben affewehrt.
Dat wär keen schönet Fest.

De Wiehnachtsklocken solln uns lü'n,
et Wiehnachtssingen uns bedü'n:
Wi solln fröhlich sin!
Un jeder, de et man bloß kann,
hört Wiehnachtslü'n un 's Singen an
un stimm von Harten in!

Hanns H.F. Schmidt

Heiligabend in Siedenupsitz

1

Im Advent

Siedenupsitz war ein kleines Dorf und wird es ewig bleiben: nichteinmal neunzig Einwohner. Man bewahrte gute Nachbarschaft miteinander, und es blühten selbstverständlich auch die witzigen Sticheleien, für die Neid und Schadenfreude immer sorgen.

An der breiten Dorfstraße, längst durch eine Umgehungsstraße sozusagen in den verdienten Feierabend entlassen, hockte eine Feldsteinkirche. Alte Linden dämmerten da vor sich hin. Man ließ sie längst ungeschoren; nur die Herbststürme hielten sich nicht an die stillschweigende Übereinkunft. Zu einem Turm hatte es niemals gereicht, aber eine grünspanige Glocke hing an einem Balkenwerk vorm Giebel.

Der Altar von Siedenupsitz war - sicherlich, weil es keine Sehenswürdigkeiten in der Umgebung gab - in einige Reisehandbücher geraten, so daß doch vor allen in den Sommermonaten ab und an ein Auto hielt. Ein zumeist älteres Ehepaar erkundigte sich dann nach dem Kirchenschlüssel und wurde zur gegenüberliegenden Gastwirtschaft, die keine Familie mehr ernähren konnte, verwiesen. Dann griff sich der rüstige, gut siebzigjährige Rudolf Langdahl den Schlüssel, ein ellenlanges Schlosserkunststück, aus dem oberen Regal des Gläserschrankes hinter der Theke und machte sich frohgemut auf den Weg zum Gotteshaus, denn diese Führungen waren eine hochwillkommene Abwechslung im letztlich doch eintönigen Alltag.

Wie der Altar in das Kirchlein geraten war, ließ sich nicht mehr feststellen. Und ein studierter Mann hatte auch vor längerer Zeit schon festgestellt, daß es mit dem künstlerischen Wert des Ganzen überhaupt nicht weit her sei, ja daß es sich lediglich um eine Zusammenstellung spätgotischer Fragmente handele. Dutzendware aus unbekannten Werkstätten.

Sein Urteil stand schwarz auf weiß in irgendeiner Fachzeitschrift, die mit Mühe und Not wenige Fachleute lesen. Es war folglich in Siedenupsitz unbekannt. Und wäre das bedruckte Papier ins Dorf gelangt, hätte jeder echte Siedenupsitzer geschmunzelt und gefragt: Woher will denn der dat weeten?

Rudolf Langdahl erklärte lieber, daß die große Figur im dunkelblauen Mantel voll klobiger Falten und dem weißen Kopftuch, die an die Frau Holle im Märchenbuch erinnerte, aber doch die Großmutter Anna sei. Sie hielt ihre Tochter Maria auf dem Arm, die wiederum ihre Hände ausbreitete voll erschrockener Verwunderung, denn ihr Jesuskind war verschwunden. Niemand wußte, wer es gestohlen hatte. Der alte Rademann, der vor Jahren immer mal den Kirchenraum ausfegte, neue Kerzen in die Leuchter klebte, ärgerte sich seinerzeit und legte kurzentschlossen die Babypuppe seiner Enkelin der stummen Maria auf die Arme, aber die kleine Bärbel entdeckte ihren verschwundenen Liebling. Und es half auch gar nichts, daß der alte Rademann ihr ein Halbdutzend ähnlicher Püppchen kaufte, nein, es mußte unbedingt das Baby vom Altar sein. Was wollte man machen? Weitere Restaurierungsversuche unterblieben danach.

Links von diesem schmalen, grauhölzernen Schrein, in welchem nur noch wenige Gold- und Farbsprenkel entdeckt werden konnten, stand ein Relief. Seine Bemalung hatte vor einem Vierteljahrhundert der Lehrer aus dem Nachbarort aufgefrischt. Die Kirchenältesten baten ihn damals darum. Man sah die Geburt Christi, den Esel und den Ochsen, einen Flechtzaun, ein Dach. Maria lächelte dem Neugeborenen zu, und Joseph verscheuchte unterdessen mit dem Kochlöffel eine naschhafte Katze vom Tiegel.

Auf der rechten Tafel erblickten die Besucher zwei Männer aus graugewordenem Holz, über welche Rudolf Langdahl mit geschwätziger Geheimniskrämerei mitteilte, über sie wären sich die Gelehrten noch nicht einig. Nach seiner Meinung seien die Bärtigen Petrus und Paulus, wenn sie auch weder Schlüssel, Bibel oder Schwert hielten, sondern unscheinbare Kästchen. Naja, das Geheimnis der Siedenupsitzer Kirche ...

Ansonsten standen zu beiden Seiten des Altares unbequeme Bankreihen, nach dem Dreißigjährigen Krieg gezimmert und mit grobem Ornament geschmückt. Dort saßen die Männer nach alter Gewohnheit, während die Frauen auf den niedrigen Bänken im Mittelraum und unter der düsteren Orgelempore Platz nahmen.

Mit den letzten Pfarrern, die vom Nachbardorf kamen, war man allgemein in Siedenupsitz sehr einverstanden gewesen. Aber es erschienen in den vergangenen drei Jahren immerhin vier Pastoren. Sie wechselten die Pfarrstellen, hatten noch Prüfungen abzulegen, mußten Studienkurse besuchen, reisten dorthin und hatte woanders etwas zu leiten. Und zwischendurch erschien immer mal der Superintendent und predigte über sein Lieblingsthema: die leeren Kirchenkassen.

Als nun der letzte Pfarrer seine getreue Herde im Spätsommer wieder mit einem Abschiedsgottesdienst überrascht hatte, erklärte Heinrich Uhl, als ehemaliger Bürgermeister eine unumstrittene Respektsperson in Siedenupsitz, das sei im Nachbarort kein Pfarrhaus mehr, sondern ein Umsteigebahnhof. Dieser Feststellung stimmten beim sonntäglichen Frühschoppen alle anwesenden Männer zu und tranken ihr Bier aus. Herr, siehe dein Siedenupsitz!

Der Herbst verging mit Gastspielen, wie Lisbeth Langdahl spitzzüngig erzählte. Während einer Beerdigung, mußt dem Stellvertreter von einem Amtsvertreter sogar erst noch der richtige Vorname des Verstorbenen zugerufen werden, was ihn völlig aus dem Konzept brachte. Das war ärgerlich und bedrückend zugleich.

Wenige Tage vor Weihnachten, an einem dunklen, ungemütlichen Vormittag, hielt ein Auto vor der Gastwirtschaft. Rudolf Langdahl, der in der leeren Gaststube in der gerade eingetroffenen Zeitung schmökerte, saß dicht am Fenster. Das tat er aus lieber Gewohnheit, denn nur so konnte er jeden vorübergehenden Siedenupsitzer und jedes seltene Auto beobachten.

Er hörte Schritte auf der steinernen Außentreppe, im Flur, aber er wußte tatsächlich nicht, wer da zu ihn kam. Und dabei pflegte er sonst ständig zu behaupten: ich erkenne meine Hühner am Gang!

Der Angekommene klopfte an die Gaststubentür.

Rudolf Langdahl freute sich diebisch. Er streckte seinen Arm aus, öffnete die Tür und sagte trocken: Dat kost' ne Stubenlage! Und damit hatte er ja Recht, denn in Siedenupsitz galt seit altersher, wer im Wirtshaus anklopft, bezahlt Bier für alle, die eingekehrt sind.

Ein junger Mann um die fünfundzwanzig, etwas untersetzt, mit einem runden Gesicht, gehemmt und zugleich mit hastigen Bewegungen stellte sich als Martin Kühn vor. Er bat, die Kirche in Augenschein nehmen zu dürfen. Durch die Worte des stoppelhaarigen alten Herrn war er eher für den Augenblick verwirrt als eingeschüchtert.

Ewald Guhl,
Marienkirche und Rathaus in Stendal

Rudolf Langdahl schlurrte in seinen Pantoffeln ersteinmal zum Zapfhahn und füllte zwei Gläser. Prost! Der junge Mann trank einen Schluck und stellte sein Bier auf das verchromte Blech. Ihm wurde inzwischen erklärt, wenn er hinter die Theke käme, sei noch eine Stubenlage fällig. So streng wären in Siedenupsitz die Bräuche, jaja.

Der Gastwirt setzte sich wieder auf seinen Fensterplatz, um sein Bier genüßlich auszutrinken. Sie sind spät dran, sagte er zwischendurch, so kurz vor Weihnachten verirrt sich kein Kunstfreund mehr nach Siedenupsitz, um den wertvollen Altar zu besichtigen.

Das mag sein, begann der Fremde etwas verlegen, aber er sei ja doch...

Ist doch gut! sagte Rudolf Langdahl und stand ächzend auf, gar nicht mehr so flott wie auf dem Weg zum Zapfhahn, denn nun war er ja Kirchenführer, und er kannte die Welt: im Hinblick auf ein Trinkgeld war das Stöhnen über Zipperlein oder das nasse Wetter oder gar beides in ihrer Wechselwirkung angebracht. Er nahm den Schlüssel und erinnerte den nervösen Mann, daß er das Kaliber besäße von dem anderen Schlüssel, mit dem uns Sankt Peter einmal an der Himmelspforte erwarten würde.

Ja nun, begann Martin Kühn, wie ich schon versuchte anzudeuten ...

Sie haben noch genug Zeit! sagte Langdahl und schob ihn entschlossen aus der Gaststube.

Das trockene Gras auf dem einstigen Friedhof trug blanke Tropfen vom letzten Schauer.

Da oben ist unsere Glocke! sagte der vorangegangende Langdahl aus Erfahrung, denn die Besucher sahen stets nur auf den unebenen Erdboden, und er hielt den mächtigen Schlüssel wie einen eisernen Zeigefinger in die Höhe.

In die eisige Kirche fiel nur wenig Licht durch die schmalen Fenster.

Rudolf Langdahl erzählte von der Großmutter wie Frau Holle und dem verschwundenen Jesuskind mit Rademachers Enkelin. Er berichtete von der Geburt in Bethlehem nicht ohne abzuschweifen, für den unbekannten Bildschnitzer um 1500 wäre Bethlehem auch nur ein Nest gewesen, vergleichbar dem nahen Pfarrdorf, wo sich die Menschen immer noch nicht zum Besten verändert hätten und wohl die Kinder noch schulfrei bekämen, wenn mal ein Auto durchs Dorf führe. In einem abschließenden Naja! faßte er noch einmal sein Urteil aus Siedenupsitzer Sicht zusammen.

Und über jene Herren mit Bart- dabei wies der Gastwirt auf die rechte Tafel- sind sich die Gelehrten immer noch nicht einig, es müssen aber ...

Der Unbekannte stieg auf die Altarstufe, was Langdahl nie wagte, reckte sich und erklärte: Das sind die Heiligen Damian und Kosmas, die Patrone der Ärzte und Apotheker. Sie halten Kästchen mit Arzneien und Salben.

Rudolf Langdahl verschlug es die Sprache. Er räusperte sich heftig.

Damian! sagte der junge Mann nun selbstsicher, zeigte auf die entsprechende Figur und sah sich zu Langdahl wie zu einem Schüler um: Kosmas!

Selbstverständlich; das wollte ich Ihnen ja gerade erzählen, sagte Langdahl, der stets stolz war, daß ihm niemand so schnell- wie man so sagt - die Butter vom Brot nehmen konnte: Immer der Reihe nach und sinnig. Woher wissen Sie denn das? mit dem Kosmos? Er hustete angestrengt.

Das steht in der Pfarrchronik, sagte Martin Kühn.

Und wie sind sie an die herangekommen?

Ich bin der neue Pfarrer Martin Kühn.

Der junge Mann fühlte sich sichtlich erleichtert und strahlte mit seinem runden, freundlichen Gesicht dem ungläubigen Rudolf Langdahl entgegen.

Mann Gottes! rief der gewiefte Alte, nachdem er rasch sein Erstaunen überwunden hatte: Das hab ich mir doch gleich gedacht! Ich hab immer solche Ahnungen, wissen Sie, Herr Paster, und sie trügen nie, müssen Sie wissen, nie!

In diesem Augenblick wurde Rudolf Langdahl freilich auch bewußt, daß er nicht mit einem Trinkgeld rechnen konnte, und er dämpfte nun seine Gemütsaufwallung zu nüchterner Geschäftigkeit herab.

Wie lange gedenken Sie denn bei unserer Gemeinde zu bleiben? fragte er und ging zum niedrigen, rundbogigen Portal zurück. Er hatte auf der Zunge. Erst nach Weihnachten oder schon...?

Wie es der Herr beschließt, antwortete der neue Pastor.

Wenn es nach dem geht lange Zeit; aber nach den Herren vom Kirchenamt... Langdahl schloß sorgfältige die Kirchentür ab: Na, dann wird Siedenupsitz nach Jahrzehnten, glaube ich, endlich wieder einen Gottesdienst am Heiligen Abend erleben. Und ohne die Antwort abzuwarten, schickte er noch hinterher: Spielt Ihre Frau Orgel?

Der Zusammenhang wird verständlich, wenn man weiss, daß Langdahl einst ein bißchen Klavierunterricht beim Dorfschullehrer erhalten hatte, um ihn beim Orgelspiel vertreten zu können. Aber der Gemeinde konnte er das niemals beweisen. Immer erschien eine Pastorenfrau oder eine Kathechetin, um sich mit den reparaturbedürftigen Instrument abzumühen. Nur Rudolf Langdahl kannte sich mit den Tücken der Siedenupsitzer Orgel aus, aber für ihn blieben nur einsame Phantasien in der leeren Kirche,

Ich bin noch gar nicht verheiratet,verriet Pastor Kühn.

Welch ein Glück für Sie! wollte Rudolf Langdahl gutmütig antworten, aber er blieb nur bei: Welch ein Glück...! Und nahm sich gewissenhaft und erfreut zugleich vor, vom heutigen Tage an tüchtig Weihnachtslieder zu üben.

Sie kamen beide über die Treppe vor die Gaststubentür, und Langdahl sagte versöhnlich: Klopfen Sie ruhig noch einmal an, Herr Pastor, es kann ja nichts passieren, und Sie merken sich das mit der Stubenlage fürs Leben!

Der Pfarrer zögerte.

Nur Mut, junger Mann!

Um kein Spielverderber zu sein, klopfte Martin Kühn kräftig. Darauf öffnete sich wie mit einem Ruck die Tür, und Lisbeth Langdahl, gerade vom Friseur zurück, angefüllt mit wichtigen Nachrichten und Gerüchten von überallher und erbost über den ausgeflogenen Herrn Gemahl, sagte kurzangebunden: Das kostet eine Stubenlage! zu Martin Kühn und zu ihrem Mann: Seit wann läßt du halbausgetrunkene Gläser auf der Theke stehen?!

Das ist so, liebe Lisbeth, begann Langdahl freundlich und ergeben in sein Schicksal.

Austrinken oder rin in'n Schweineeimer! sagte die gestrenge Frau mit der grauweißen Lockenpracht.

Das ist so ...

Das ist so unhygienisch und weiter nix, Döskopp!

unbekannt,
Loburg,
um 1930

Lisbeth, das ist unser neuer Pastor! sagte Langdahl und zeigte mit dem Kirchenschlüssel auf Martin Kühn.

Die Frau kniff die Augenlider zusammen. Sie überlegte, ob das eine der gewagten Eulenspiegeleien ihres Gatten war oder doch eine schlichte Wahrheit. Sie trocknete sich verlegen und langsam die Hände an der Schürze ab, sah von einem zum anderen Mann und ein kleines Lächeln wuchs sehr zaghaft.

Langdahl setzte sich zu seiner Zeitung.

Mit der Stubenlage, begann Lisbeth und überwand mit dem Reden ihre Verlegenheit, das sagt man bei uns so, das ist eine Redensart von früher.

Nananana! sagte Rudolf Langdahl sehr laut und mit Nachdruck und tat, als läse er Meldungen, die nicht nach seinem Geschmack waren.

Pack endlich die Blätter weg, Rudolf, wenn unser Herr Pastor da ist! sagte seine Frau im gewohnten Ton.

Ich weiß, ich weiß, sagte Pfarrer Kühn und gab der Frau die Hand.

Weshalb klopfen Sie aber auch an?

Der Pastor hob lächend die Schultern. Langdahl räumte ohne aufzusehen die Zeitungsblätter zusammen und sagte mit lauernder Miene: Heiligabend ist Gottesdienst, Liesbeth!

Das kann doch nicht wahr sein! Die Frau klatschte in die Hände wie ein fröhliches Kind.

Ja, nein, ich glaube ..., begann Martin Kühn und setzte sich: Selbstverständlich ist um siebzehn Uhr Christvesper. Natürlich in der Mutterkirche. Mit Krippenspiel. Es gibt ja keinen Siedenupsitzer, der nicht motorisiert ist. Für die übrigen Gemeindemitglieder gibt es genug freie Plätze in den Autos. Drei Kilometer Weg. Jeder kann mit uns den Heiligen Abend feiern.

Es war sehr still in der Gaststube. Vom Zapfhahn fielen einige Tropfen in das Becken.

Jawoll! sagte Lisbeth Langdahl ingrimmig und ging, ohne den Pastor noch mit einem Blick zu bedenken, in ihre Küche zurück.

Rudolf Langdahl faltete wieder aufmerksam alle Zeitungsseiten auseinander und widmete sich der Lektüre.

Am ersten Sonntag im neuen Jahr wollte ich ...

Selbstverständlich! fiel Langdahl ihm in die Rede und strich das Papier glatt.

Ich möchte alles fortführen, wie es meine Amtsvorgänger hielten, sagte Pastor Kühn und rückte auf die Stuhlkante vor: Nach meinem Wissen ist seit vielen Jahren nicht mehr in Siedenupsitz Christvesper gehalten worden.

Sie sind ja Autofahrer! sagte Langdahl ungerührt und holte sich ein frisches Bier.

Und die zwei, drei Kilometer, begann der Pastor etwas verstört, sind doch, wenn es nicht gerade schneit ...

Regnen wird es! Die Misthaufen stinken. Das riecht doch jeder, Herr Pastor, sagte Langdahl und trank.

Aha!

Der alte Gastwirt setzte sich und verschränkte die Arme vor der Brust: Bis vor fünfzehn, zwanzig Jahren war in Siedenupsitz immer Gottesdienst am Heiligen Abend. In sämtlichen fünf Gemeinden. Mein Vater hat den alten Pastor Lütkensiel, der ein Holzbein hatte aus dem ersten Weltkrieg, mit dem Pferdefuhrwerk abholen und zurückbringen müssen. Auch bei jammervoller Kälte und Glätte. Da hatte kein Pastor ein Auto. Heiligabend war der härteste Tag im Jahr. Mittagessen und raus über seine Dörfer, bei gutem Wetter auf seinen Flitzoped oder eben reihum auf Fuhrwerken. Es fehlte nicht viel an Mitternacht, wenn es endlich heimkehrte. Aber dann war eben Weihnachten.

Rudolf Langdahl trank das Bier mit einer spürbaren Erregung aus und schaute zur Kirche herüber. Es fing wieder an zu regnen.

Der junge Mann stand entschlossen auf, hob beide Handflächen wie um alle Vorhaltungen abzuwehren: Herr Langdahl, Heiligabend um fünfzehn Uhr dreißig ist in Siedenupsitz Christvesper. Sagen Sie es allen, laden Sie ein, sorgen Sie für weihnachtlichen Schmuck! Kein Lamento, dafür Lametta! Aber nur eine gute halbe Stunde. Jeder soll pünktlich sein. Dreißig Minuten!

Länger hält das in der Kälte auch niemand aus, Herr Pastor! erklärte Langdahl und stand auf, um sich zu verabschieden.

Die Tür schloß sich hinter dem neuen Pfarrer Martin Kühn. Langdahl grinste zufrieden und wollte dem jungen Mann durch die Gardinen nachschauen. Da klopfte es derart heftig an die Gaststubentür, daß er zusammenschreckte.

Herein! rief er.

Das vergnügte Gesicht von Martin Kühn schaute um das Türgewände und sagte: Bei uns zu Hause ist das so; wenn man anklopft, und der Gastwirt ruft "Herein!", dann gibt er selbst eine Stubenlage. Andere Kneipen, andere Sitten!

Er legte ein Geldstück auf den Tisch und verschwand über die nasse Treppe in sein graues Auto, ohne sich noch einmal umzusehen.

Düvel ok! sagte Langdahl halblaut, steckte den Daler aber nicht in die Kasse, sondern in sien Tasch'.

Schon zum Mittagessen war in Siedenupsitz die Neuigkeit verbreitet: Gottesdienst am Heiligen Abend. Die älteren Einwohner empfanden darüber eine kindliche Freude wie selten, wenn sie das auch nicht zur Schau stellten. Die Jungen wußten zwar nun mit Sicherheit, daß sie sich noch nicht um fünfzehn Uhr in die Polstergarnitur zurückziehen konnten, um auf jeden Teil der Fernsehprogramme schimpfen zu können, aber sie waren angetan von der Zusammenkunft, die doch insgesamt das Ansehen von Siedenupsitz kräftig hob.

Rudolf Langdahl aber übte abwechseld auf dem verstimmten Klavier im ungeheizten Tanzsaal und auf der anfälligen Orgel.

Daß Du mir aber nicht auf den Einfall kommst, Mann, uns mit Deinem Geklimper in der Kirche heimzusuchen! drohte Lisbeth Langdahl hellsichtig wie immer, wenn es um ihren Ehemann ging. Rudolf schüttelte dann stets unwillig mit dem Kopf, aber das Unbehagen galt mehr der Tatsache, daß für "O, du fröhliche" im Pfeifenwerk mehrere wichtige Töne fehlten, als den Ermahnungen durch seine Gattin. Ach, du fröhliche ...

Ewald Guhl,
Sankt-Annen-Kirche in Stendal

2

Der Heilige Abend

Am frühen Morgen des Heiligen Abends, gegen fünf Uhr etwa, begann es so erbarmungslos vom tieflastenden Himmel zu regnen, von den Hausdächern und Bäumen zu pladdern, daß man kaum die Hähne in Siedenupsitz krähen hörte.

Im Pfarrhaus in Radenbeck, dem Nachbarort, verlief die Probe zum Krippenspiel erbärmlich. Wenn bis siebzehn Uhr wenigstens die gröbsten Fehler und Mißverständnisse gedämpft werden sollten, war Pastor Martin Kühn unabkömmlich. Er spürte, daß er mit gutem Willen sich mehr aufgebürdet hatte, als in den wenigen Tagen seiner Amtszeit zu bewegen war. Die Kathechetin, die zu allem Überfluß ja zwei Dörfer entfernt wohnte, kam mit Orgelspiel, Chorleitung und der Aufführung der Weihnachtsgeschichte auch nur mühsam zurecht. Auf gar keinen Fall durfte sie am Nachmittag auch noch mit zur Christvesper nach Siedenupsitz fahren, um der hartnäckigen Gemeinde Musikalisches zu bieten. Sie mußte die verrinnende Zeit in Radenbeck mit konzentrierten Proben nutzen. Deshalb ließ sich der Pastor von ihr ein Heft mit Weihnachtsliedern geben, denn er spielte leidlich Klavier. Jedenfalls vor ungefähr fünfzehn Jahren.

Der Regen ließ nicht nach. Überall flossen kräftige Rinnsale zwischen den Katzenköpfen des Siedenupsitzer Pflasters. Zweige und Baumstämme trieften und glänzten schwarz. Der Dezembertag ging noch früher zur Neige als gewohnt.

Aus den Fenstern der Gaststube fiel helles, warmes Licht und spiegelte sich auf den Pfützen wie in zerbrochenen Spiegeln. Pfarrer Martin Kühn griff sich die Aktentasche mit dem Talar vom Autorücksitz. Seinen ersten Gottesdienst in Siedenupsitz hatte er sich anders vorgestellt. Festlicher. An einem sonnenüberstrahlten Neujahrsmorgen etwa. Nun sprang er über den aufgeweichten, tückisch-glitschigen Kirchhof und kam doch naß in die menschenleere Feldsteinkirche.

Auf der Kanzel, die sich über dem Altar befand, brannte eine kräftige Kerze. Vier Wachslichter mit flackernden Flammen standen auf dem Altar, dazu zwei Sträuße aus duftenden Fichtenzweigen, geschmückt mit roten Schleifen und vergoldeten Tannenzapfen. Auch Kerzen, die auf altertümlichen, geschmiedeten Haltern an den Eingängen zu Bankreihen, brannten, verhalfen allem zu einer weihnachtlichen Stimmung.

Eine regengraue Dämmerung stand über dem Dorf und dem Land. Dazu dröhnte das Plätschern der Wassermassen vom rennenlosen Kirchendach auf den Steinplatten vor dem kleinen Portal.

Es ging auf halb vier. Wenn ich nicht pünktlich beginnen kann, schwor sich der nervöse Pastor, sitze ich drei Minuten später im Auto.

Martin Kühn wagte sich durch eine niedrige Tür in der Kanzelwand. Dort begann eine steile Treppe nach oben. Er streifte den Talar über und hustete im aufgewirbelten Staub. Nun wollte er schnell noch die Orgel auf der gegenüberliegenden Empore ausprobieren, aber schon kam der verwitwete Bürgermeister a.D. Heinrich Uhl in die Kirche, die Langdahl mit zwei Söhnen und zwei Töchtern und deren Ehepartnern, und Enkelkinder auf den Armen und wohl die gesamte Einwohnerschaft von Siedenupsitz, als hätte sie sich geordnet vor dem Portal aufstellen müssen.

Was der junge, neue Pastor nicht wußte, war für den Einheimischen, den gestandenen Siedenupsitzer, selbstverständlich. Eine knappe halbe Stunde (es durfte auch etwas mehr sein) traf man sich in Langdahls Gastwirtschaft, um dann in geordnetem Zug zur Kirche zu marschieren. Und da es in dem uralten Kirchlein seit Menschengedenken grundsätzlich viel zu kalt war, trank man einen guten Rum - nichts anderes, denn es mußte schon eine gute, bewährte Medizin sein - oder einen kräftigen Grog.

Und da es an diesem Heiligen Abend nicht nur kalt war, sondern das Regenwetter noch mit Grippe drohte, aber auch die endlich einmmal wieder gehaltene Christvesper ein fröhliches Ereignis blieb, waren viele Siedenupsitzer nicht zu spät in Langdahls Wirtshaus gekommen, sondern sie hatten dreifachen Anlaß, um sich Grog zu bestellen. Man mußte es Lisbeth Langdahl schon lassen. Sie schenkte wunderbare Grogs aus. Ein wunderbarer Auftakt zum stimmungsvollen Fest.

Karl Biese,
Winterabend,
um 1930

An diesem frühen Abend kam eine ungewohnt freundliche, ja fröhliche Gemeinde in die Kirche zu Siedenupsitz. Jeder grüßte lauthals den neuen Pastor und nickte ihm aufmunternd zu, bevor sich alles getreu der überlieferten Sitzordnung im dämmrigen Raum verteilte, betete und sich niederließ.

Die Männer drängelten sich in die Bankreihen zu beiden Seiten des Altars. Einige stolperten dabei über Stufen, was Pastor Kühn mit unterdrücktem Lächeln wahrnahm. Da er aber weder von Langdahls Grogausschank noch von dessen Qualität wußte, meinte er zu erkennen, wer lange nicht auf dem angewiesenen Kirchenplatz gesessen hatte. Nur die Gemeinde lächtelte milde über alle Ungeschicklichkeiten und auch darüber, daß Friedrich Kallehne, ein Kerl von einem Mann bis unter die Orgelempore tappte, wo er dann auch prompt mit dem Kopf kräftig gegen einen Balken stieß, obwohl der Mann doch an die linke Seite des Altares gehörte. Jeder gab dem Verirrten einen freundschaftlichen Schubs, und endlich geriet Kallehne, der sich den Schädel rrieb, auf den richtigen Platz.

Wenn im Kerzenschein auch die Kinderaugen und die Augen der Frauen und Männer fröhlich glänzten, schöner als in großen Kirchen, die über elektrisches Licht verfügten, befand Pastor Martin Kühn nach kurzem Umherblicken, einige Kerzen mehr hätten den Raum besser ausgeleuchtet. Aber dafür war es zu spät. Die letzten alten Herren kamen durch das Portal. Und von ihnen schienen einige sogar geblendet von dem Lichtschein, denn sie polterten und stolperten über die Schwelle, hielten sich aber verständnisinnig und geistesgegenwärtig gegenseitig im Lot. Gustav Predöhl schrabte seine Schuhe auffallend lange über den Fußabtreter, bis ihm jemand gutmütig bestätigte: Kumm rin! Du büst sauber.

Noch stand die Tür weit geöffnet. Niemand kam mehr aus der nachtschwarzen Dunkelheit. Das Klatschen und Platschen machte den jungen Pfarrer vor seinem ersten Gottesdienst in Siedenupsitz noch aufgeregter. Sollte er denn die Tür schließen?

Auch die Männer, alle mit Gesichtern, die wohl die Kälte rötete, schauten sich irgendwie fragend an.

Können wir beginnen? fragte der Pastor, denn die Zeit drängte. Wer is'n dran mit Lüen? Eine leicht heisere Stimme fragte aus einer besonders dunklen Ecke links.

Albert woll! antwortete eine Stimme aus der entgegengesetzten Richtung.

Hüt noch nicht, irst im nächstn Jaohr! kam es von irgendwo. Eener mütt awer dran sinn, beharrte die heisere Stimme. Sie gehörte dem früheren Bürgermeister Uhl, der jetzt auch aufstand.

Wär graod 'n Schlötel harr! Die Frauenstimme kam unter der Orgelempore hervor.

Wi lüen nie! Lisbeth Langdahl drehte sich um: Nee, dat war ümmer so.

Lat doch man dat Lüen bie soon Räjen! sagte irgendwer.

Heinrich Uhl unterbrach das Gerede resolut: Wo gibt's denn sowatt? Wi lüen un damit basta! Sein Arm zeigte über den verwirrten Pfarrer hinweg: Gustav bimmelt! Und er setzte sich wieder.

Gustav Wasserholt war nach dem Tode seines Vaters in die letzte Bankreihe neben dem Portal geraten und saß dort ausgerechnet am Ende. Er war ein hochgewachsener, stämmiger Fünfzigjähriger, ein tüchtiger Landwirt, ein Vater von fünf Söhnen, aber in der Öffentlichkeit mit verlegen-roten Gesicht. Lockiges Blond und Glatze hielten sich noch gerade die Waage. Gustav stand auf, drängte durch die Reihe der Sitzenden. Vor der offenen Tür fiel ihm ein, daß er sich vorhin die Haare gewaschen hatte.

Awer dann mütt ick ne Mütz hemm! sagte er.

Von allen Seiten wurden ihm Hüte und Mützen hingehalten.

Gustav Wasserholt wählte eine gestrickte Pudelmütze aus, zog sie bis zu den Ohren und ging verwegen in das Unwetter.

Es folgte das kürzeste Läuten, das Martin Kühn bisher in seinem Leben vernahm. Schon kam Gustav mit schweren Schritten zurückgerannt und schloß krachend die Tür aus Eichenbohlen.

Als Wasserholt auf seinen Platz zurückgefunden hatte, stand der junge Pfarrer auf: Liebe Gemeinde von Siedenupsitz, mein Name ist Martin Kühn und ...

Gustav Wasserholt erhob sich auch und fragte: Wem sien Mütz?

Die tropfnasse Kopfbedeckung ging von Hand zu Hand zu ihrem Besitzer, Wasserholt nickte dem Pastor eine Entschuldigung zu und setzte sich wieder in seine Ecke.

Der Pfarrer räusperte sich, begann erneut seine Vorstellung und versuchte die anschwellende Verwirrung durch ein strahlendes Lächeln wettzumachen. Dann ging er - zurr spürbaren Überraschung der Gemeinde - mit raschen, kräftigen Schritten unter die Empore und fand die Treppe zur Orgel hinauf. Deren inzwischen recht ausgetretene Stufen waren zu einer Zeit eingesetzt, wo es nicht auf einige Zentimeter mehr oder weniger ankam, weil niemand wußte, was ein Zentimeter überhaupt sein soll. Die Treppe stand in einer sehr finsteren Ecke, und der eilige Pfarrer rutschte auf halber Höhe wohl ab, jedenfalls fluchte er, wie halt jedermann stöhnt, wenn er auf unbeleuchteter Treppe plötzlich Schmerzen im Schienbein fühlt.

Alle schreckten auf. Heinrich Uhl und andere Männer erhoben sich, um zu sehen, ob Schaden zu vermelden sei. Sie nickten sich beruhigt zu: Alles in Ordnung.

Auch auf der düsteren Empore stand dem Eilfertigen bis zum Orgeltisch noch einiges Unerwartete im Wege, und die Gemeinde nickte sich verständnisvoll lächelnd zu, ja das waren zwei Bänke aus dem Tanzsaal, ein Korbsessel, ein Betpult und das stockfleckige Lutherbild. Dann knallte der uralte Schalter wie ein Schuß durch den Raum, und der Motor begann auf dem Dachboden zu brummen. Die Luft zwängte sich durch einige Pfeifen säuselnd und winselnd, daran war jederman gewöhnt, aber dann setzten machtvoll tiefe Klänge ein als bliesen Posaunenengel gleich den Fröschen ihre Wangen (auch in Siedenupsitz Backen genannt) auf. Dazu kamen Akkorden, die - nun ja - nicht sofort im harmonischen Verhältnis zu den Bässen lagen, doch sich dann irgendwie zueinander fügten.

Pastor Kühn hatte nicht nur vergessen, eine Kerze mit auf die Empore zu nehmen, auch sein Heft Weihnachtslieder lag noch unter dem Predigerstuhl neben dem Altar, und deshalb verfluchte es - Gott sei es geklagt! - den Glockenläuter mit seiner Mütz, der ihn durcheinandergebracht hatte.

Während der Pastor noch seine linke Hand auf die dröhnenden Bässe spreizte, drückte er mit der rechten den vermaledeit lauten Schalter nieder, um Noten und Kerzen zu holen. Im improvisierten Präludium fielen die Klänge luftlos heulend zusammen in eine spannungsgeladene, erwartungsvolle Stille, die zunächst nur das Regenrauschen füllte.

Der junge Mann hangelte sich mehr das Geländer hinab, als er den tastenden Füßen vertraute. Er blickte nur in fröhliche Angesichte und beschloß, auf die vertrackte, asthmatische Orgel nun zu verzichten. Er forderte seine Gemeinde auf, das Lied "Macht hoch die Tür" zu singen, und er stimmte sogleich an Ma Ma Ma, sang in der Aufregung etwas zu hoch, was passieren kann, doch niemand stimmte ein. Blankes Erstaunen in allen Blicken. Martin Kühn begriff, daß er nach dem volltönenden Introitus auf der Orgel verpflichtet war, weiter zu spielen. Schon während der ersten Schritte erkannte er, daß in der Mitte des Notentextes immer neue Vorzeichen auftauchten. Mit schwarzen Tasten hatte er schon während des Klavierunterrichts keinen guten Kontakt bekommen, also blätterte er hastig und sagte zur Gemeinde unter der Empore; Wir singen lieber "Lobt Gott, ihr Christen ... "

Einige nickten lächend. Er deutete es als Aufmunterung, den gefahrenvollen Weg hinauf ins Reich der Frau Musica mutig zu nehmen. Aber der Pfarrer kehrte noch einmal um, nahm eine Kerze von der nächsten Bankreihe und stieg hinauf.

Bevor er den leidigen Schalterschuß abfeuerte, sagte Pastor Kühn von oben herab: Alle sechs Strophen! Und schwor sich selbst, damit wäre der musikalische Teil der Christvesper abgeschlossen. Ohne Wenn und Aber. Niemand sang mit. Nach der zweiten Strophe hielt Martin Kühn inne und fragte unwillig, ob denn niemand ein Gesangsbuch bei sich habe?

Das hohle Winseln aus der Orgel machte aus der Frage ein Rezitativ mit ungemütlicher Klangfarbe.

Dat is zu düstern! Das war die kurzangebundene Lisbeth Langdahl. Heinrich Uhl, oft im Streit mit dem rechthaberischen Weib, fand den Ton nicht weihnachtlich-versöhnlich. Er stand auf und sagte: Sie singen wunderbar, Herr Pastor, und wir singen im Geiste alle mit! Er grinste seinen Kumpanen am Altar zu. Ein unterdrücktes Lachen huschte durch den Raum.

Martin Kühn atmete tief und sang und spielte die nächsten vier Verse, was ihm immer besser gelang, so daß er während der letzten Strophe auf die Armbanduhr sehen konnte. Die Zeit raste dahin. Er beschloß, auf die Liturgie zu verzichten, dann käme nur das Lukas-Evangelium, die Weihnachtsgeschichte. Markus, der das ganze Geschehen mit einem Satz abtat, wäre in dieser zugespitzten Situation angebrachter.

Als der Pfarrer eiligst die Treppe herabpolterte, erhob sich Thomas Breddin als derzeitiger Leiter der Freiwilligen Feuerwehr und bat, die brennende Kerze möge heruntergeholt werden, auch wegen vorbeugendem Brandschutz. Insbesondere zu Weihnachten.
Ella, sagte er dann, leuchte doch mal unsern Herr Pastor!

Eine rundliche Ella, die ihr Sitzkissen neben einem Stützbalken deponiert hatte, streckte die Hand zu einem verborgenen Schalter und augenblicklich fiel blendenes Licht auf Treppe und Orgel. Benommen stieg der Pastor nach oben und brachte die Kerze zum Altar, während die Beleuchtung erlosch.

Auf dem Altar lag eine große Bibel aus dem vorigen Jahrhundert, aber Martin Kühn nahm seine eigene vom Predigerstuhl. Die kleineSchrift war kaum zu erkennen, und die Kerzenflammen hatten sich inzwischen in die dicken Wachswalzen gefressen, wodurch ihr Lichtschein ziemlich gemindert wurde, aber der Pastor begann mit den Worten: Es begab sich aber zu der Zeit, daß ein Gebot vom Kaiser August ... Da machte sich auch auf Joseph ... Und Martin Kühn spürte, daß auch er seine Schritte auf den Weg setzte, der beschwerlich war und seine gesamte Kraft forderte. Und sie gebar ihren ersten Sohn, wickelte ihn in Windeln und legte ihn in die Krippe; denn sie hatten sonst keinen Platz in der Herberge ... Aber der neue Pastor sah auch, die Anwesenden folgten seinen Worten, für die Alten war es die vertraute Botschaft, für die Jungen eine erstaunliche Geschichte. Und er beschloß, auch ohne Vorbereitung, der Gemeinde eine kurze Predigt zu halten, um zum Schluß der Andacht zu kommen.

Pfarrer Kühn verschwand durch die Tür in der Kanzelwand, und gewitzt durch das Erlebnis mit der dösigen Ella am Schalter, rief er: Wo macht man hier Licht?

Auf der Seite ist keins! riefen mehrere Stimmen.

Der Pastor klomm die steile, enge Treppe nach oben und bekam die Tür zur Kanzel nicht auf.

Unten mit dem Fuß dagegentreten! Der Tritt hatte Erfolg.

Es waren die ersten Predigtworte Kühns in Siedenupsitz, und da er die Relieftafel mit der Geburt Christi unter sich wußte, beschrieb er sie mit seinen Worten. Er fühlte Genugtuung, daß sämtliche, ja tatsächlich alle Anwesenden mit großen, erstaunten Augen zum Altar blickten, um das Kunstwerk, das sie wohl aus Gewohnheit schon übersahen, nun gleichsam durch seine Worte für sich neuentdeckten. Martin Kühn beschrieb, wie der unbekannte Meister im späten Mittelalter den Flechtzaun, mit denen jeder Hof, jede Weide eingegrenzt war, schuf und das dürftige Dach und den Ochsen und Esel ...

Ich seh keenen Esel! sagte aufrührerisch das Enkeltöchterchen von Lisbeth Langdahl. Es war für alle ein ausgemachter Spaß zu hören, wie gekonnt die Fünfjährige bereits den herrischen Tonfall ihrer Großmutter beherrschte.

Sei still! befahl Lisbeth. Es war nicht anders, als redeten Zwillingsschwestern miteinander.

Wo ist denn der Esel? fragte Janina aufsässig.

In Bethlehem! Mund zu!

Die Gemeinde amüsierte sich köstlich, und auch der neue Pastor mußte schmunzeln. Und er erklärte den Jüngsten, wo Bethlehem ungefähr sei. Übrigens hätte ein Pfarrer vor langer Zeit, als das Niederdeutsche noch überall gesprochen wurde (leider könne er das nur unvollkommen), sagte: Ji glöwet woll, Bethlehem was so grot as London, Paris orrer Berlin? Nee, nee, Bethlehem, dat was'n Nest wie uns Dörp! Und deshalb sei das Bild auf dem Altar von der Krippe ...

Ich sehe keene Krippe! sagte Janina störrisch und laut.

Sei still! befahl Lisbeth.

Weihnachten,
"Einhornaltar" 1471 aus dem Kloster Dambeck,
heute in der Katharinenkirche Salzwedel

Wo ist denn die Krippe?

In Bethlehem! Hörst du schwer?

Nein: Pastor Kühn wollte niemanden aus dem Gottesdienst entlassen, dem etwas unverständlich geblieben war, und deshalb beugte er sich weit über die ocker- und blaugetünchte Kanzel hinab. Es knackte und krachte bedrohlich in den jahrhundertealten, morschen Brettern.

In den Männerbänken standen alle auf.

Zurück, zurück! rief der umsichtige Bürgermeister a.D.: Die Krippe ist sowieso nicht da!

Wenn man sich nur auf sein Gehör verließ, dann fiel der Pastor mit großem Getöse die verborgene Treppe hinab. Aber dem war nicht so, wenn er sich auch, als er aus der Tür neben dem Altar trat, einen Ellbogen rieb und dann Spinnweben aus dem Gesicht wischte.

Großmutter Anna stand noch in der Mitte, auch Damian und Kosmas schauten vor sich hin, aber die farbige Tafel mit der Krippe fehlte. An ihrer Stelle standen graue Statuen: Andreas mit seinem Kreuz und Jakobus der Ältere, der Fischer und Bruder des Evangelisten Johannes, mit Schlapphut und Muschel.

Martin Kühns ausgestreckter Arm war wie gelähmt. Er erläuterte eine Krippendarstellung, die gar nicht vorhanden war! Aber in den Augen der Gemeinde war kein Fünkchen Spott.

Weihnachten holt sich immer derjenige die Krippe ins Haus, begann schmunzelnd und in etwas schwerfälliger Rede, denn der Rum tat nun seine Wirkung, Bürgermeister a.D. Heinrich Uhl: also derjenige, der die meisten Kinder bescheren muß.

Es war seit einem Dutzend Jahren kein Gottesdienst am Heiligabend! mischte sich Lisbeth Langdahl ein.

Jaja! Die Krippe steht bei euch, sagte Heinrich Uhl: Rudolf, ich hab noch vorhin gesagt, die Krippe muß rüber! Aber der Grog bei euch war zu gut, viel zu gut, Mann! Er setzte sich mit seligem Lächeln nieder und wischte mit dem Handrücken über seinen Mund. Einige bückten sich hinter den Rücken ihres Vordermannes und wischten sich die Tränen vor Lachen. Überall wurde gekichert, und nun begriff der Pastor das Heineinstolpern und die Mütz und den vergessenen Lichtschalter ...

Ich seh keenen Grog! beharrte Janina.

Sei endlich still! antwortete Lisbeth nervös.

Wo ist denn der Grog?!

Ja, offensichtlich nicht im fernen Bethlehem, sagte Martin Kühn und hatte schon, noch ehe er es begriff, die Herzen der Siedenupsitzer Gemeinde eingenommen. Und er wandte sich zum Altar. Alle standen auf. Und der junge Pastor sah zum verwitterten Jakobus und betete für alle, die auf dem Weg waren, sie sollten trotz aller Beschwernisse zum ersehnten Ziel kommen. Er bat - schweißgebadet, mit schmerzendem Ellbogengelenk und im vollen Bewußtsein, zu spät zur Christvesper in seiner Hauptkirche zu erscheinen - , daß sie sich miteinander und in Christi Namen immer wieder hier zusammenfinden würden. Auch hier vor der Krippe.

Martin Kühn war, als er sich nach dem Vaterunser zur Gemeinde wandte, nicht mehr der Neue. Er stimmte an. O, du fröhliche ... Viel zu tief. Aber nach den ersten Tönen stand Rudolf Langdahl auf, quetschte sich durch seine Bankreihe und ging erhobenen Hauptes und ohne einen Blick auf seine Gattin zu werfen zur Orgel hinauf. Vor Beginn der zweiten Strophe knallte der Schalter. Von jetzt ab mußte freilich gefährlich hoch gesungen werden, da Gastwirt Langdahl auch nur wenige Tonarten einigermaßen beherrschte.

Wie ist es, Herr Pastor, sagte Heinrich Uhl: Kommen Sie noch auf einen guten Grog in den Krug?

Ihr habt doch euer bißchen Verstand verso ... verloren! Lisbeth Langdahl drängte sich - an der Hand die Enkelin - vor: Und wie fährt er Auto?

Mit Sprit! sagte fröhlich Schmiedemeister Kortenbeck und drückte dem Pastor die Hand kräftig.

Nur eins sage ich Ihnen gleich! Lisbeth Langdahl hob den Zeigefinger: Lassen Sie uns auch gleich wieder sitzen und ab heidi! - sieht mich keiner mehr in der Kirche. Das ist so sicher wie das Amen.

Ich seh keen Amen! sagte Janina.
Sei still und flott durch'n Regen! Ab mit dir! Rudolf, zaohl Du maol, ick hew mien Tasch vergätn!

Rudolf Langdahl wollte zwar zurufen: Worüm ümmer ick? Aber er schluckte die Worte hinunter, denn der neue Pastor dankte ihm für sein gekonntes Orgelspiel. Dann schloß mit dem Sankt-Peter-Schlüssel die Tür. In der Kirche war alles dunkel.

Das wird ein völlig verregnetes Weihnachten, dachte Pfarrer Kühn und startete sein Auto. Er fuhr über die einsame Straße zur nächsten Christvesper. In Radenbeck wohnte er allein im großen Pfarrhaus. Wenn dich doch nachher jemand wenigstens für eine Stunde zu sich einladen würde.

Die Regenböen peitschten über die Scheibe.

Nur zu einem einzigen Grog.

Klaus Ozminski

Wilhelm von Kügelgen

Weihnachtsfest und Winterfreuden in Ballenstedt

Ganz brillant war unser Weihnachtsabend (1844). In meinem Zimmer warteten die Kinder, Valentiners und Bernstorff, während Julchen und ich die Bescherung aufbauten. Als alles fertig war, stellte ich die Gesellschaft in meinem Zimmer auf, die Kleinsten vorn und so zurück immer größer, die Valentiner machte den Beschluß. Nun blies ich mit dem Munde trompetenartig den Dessauer Marsch, alle bliesen mit, und wir marschierten im Paradeschritt bis zum Weihnachtszimmer. Hier löste sich sogleicn alle Ordnung auf, die Kinder schrien und rannten nach ihren Sachen, die Alten überließen sich Rührungen, bis sie im Nebenzimmer den Teetisch umsäumten. Ich war nicht vergnügt, aber ich störte keinen. Weihnachten ist für mich immer schwere Zeit, und der Geldbeutel kriegt die Auszehrung.

Am Neujahrstage war der Schloßteich gefroren, das Eis wie ein Spiegel, die Luft frühlingsartig; so blieb es vierzehn Tage. Ich fuhr mit meinen Söhnen Gerhard und Adolph alle Nachmittag Schlittschuh, wegen des warmen Sonnenscheins alle drei in leichten Sommerröcken. Niemand kann sich erinnern, so etwas erlebt zu haben - Frühlingsduft, Eis und Schweiß. Ich genoß einer wahren Seligkeit und kam mir vor wie ein schwebender Adler, den seine Jungen umkreisen. Julchen war immer mit, und die Mädchen wurden wacker Stuhlschlitten gefahren. Gerhard läuft hinter dem Schlitten wie ein Dresdener Fischerjunge, Adolph ist schon froh, wenn er seine eigene Person fortbringt. So traf uns die Herzogin und bat mich, sie am nächsten Tage auch zu fahren.

Es war ein schöner Morgen, sonnig, warm, das Eis fest und durchsichtig, die Waldumgebung dick bereift, das alte Schloß Ballenstedt leuchtete von seinem Berg herab. Die Herzogin war seelenvergnügt, sie saß wie ein kleines Sönnchen federleicht im leichten Schlitten, bedankte sich immerfort für die schöne Lust, und mir machte es aufrichtige Freude, sich wacker auf dem Teiche herumzutreiben. Zu meiner Hilfe hatte ich mir einen jungen Offizier, einen Herrn von Rauschenblatt, mitgebracht, der mich ablöste.

Nach einer halben Stunde sagte die Herzogin: "Nun sollen sie zur Belohnung Pferdefleisch essen." Ich mußte sie an die kleine Schwaneninsel fahren, und hier lagerte sie sich mit ihrer Schwester und servierte Pferdebraten und geschmorte Kartoffeln. Es schmeckte vortrefflich, wie sehr guter Rinderbraten oder etwa zwischen Rind und Hirsch. Nach solchem Frühstück wurden wir gaulstark. Die Herzogin setzte sich wieder in den Schlitten, und Rauschenbach rauschte mit ihr davon, hengstartig, förmlich ausschlagend, ich hinterdrein, um zur Hand zu sein, wenn jener müde wurde, da - braz! - rannte er gegen einen Stein, die Herzogin schrie laut auf, und ich kam gerade an, um sie vom Eise, wo sie der Länge lang lag, wieder aufzuheben. Armer Rauschenblatt, du sahest einem Deliquenten oder Galgenschwengel ähnlicher denn einem Kriegsknecht! Der Mensch hatte etwas Leichenhaftes, Verfaultes und war scheußlich entstellt. Aber die Herzogin, welche keine Furcht kennt, setzte sich wieder ein und ließ sich von uns noch ein paarmal um den Teich fahren.

Waltraud Reinke

Helmut Dobinski

Zwischen den Jahren

Der Ostwind orgelt in den Zweigen,
es reift die Stunde zwischen Tag und Traum.
Aus meinen Mappen steigen,
lang gepresst in Seiten,
Gestalten, schemengleich
und in bewegtem Reigen.
Sie stehen neuerwacht im Raum.

Das Blitzlicht schneller Feder
hat jene einst umflammt,
ein Teilchen ihres Lebens
auf das Papier gebannt.
Sie wispern heut vom Teppich,
den sie seither gewebt,
wie sie Freizugemess'nes
ins Muster eingelebt.

Die Stunde zwischen Tag und Traum
geht hin,
löst sich in Wind und Morgengraun
und die Gestalten auch.
Sie steigen in die Mappen
zurück,
mit leisem Klappen
schwindet der märchenhafte Hauch.

Hanns H.F. Schmidt

Regensylvester

Kein Schnee:
überall große Pfützen, wenn man vom staubblinden Bodenfenster durch das Geäst der Birken blickte, regenschwarz die Teerdächer der Schuppen und Ställe, nasse Flecke auf dem gelbgetünchten Haus am Fabriktor, überall hervorgewachsene Kalksteine auf den Wegen und auf der verwaisten Landstraße, die sich hinter dem Transformatorenhäuschen in den schwarzen Fichtenwald hangaufwärts schlängelte.

Es wollte einfach kein heller Tag werden.

In der düsteren Bodenkammer besohlte mein Großvater unsere Schuhe für das neue Jahr. Vor dem kleinen Fenster im flachen Giebeldreieck saß er wortlos. Ich hatte das Federwerk aus dem unbrauchbaren Grammophon auf die Kleiekiste getragen. Sein dunkelbraunes Gehäuse stand mit geöffneten Türen vor dem zerkratzten Schalltrichter abseits vom Regal mit Werkzeugen und vielen Schachteln und Büchsen, Gläsern und leeren Flaschen.

Die Stahlfeder war vor Jahren zersprungen. Für ein Drei-Minuten-Konzert reichte die Kraft nicht mehr. Aber mit einigen Umdrehungen des Plattentellers war ich ja schon zufrieden. Und wenn ich einen Fingernagel in die Rille drückte, dann erklang ein seltsam-fernes Tönen, und elektrisiert wurde ich außerdem. Das grüne Etikett mit den goldenen Buchstaben JOSEPH LANNER HOFBALLTÄNZE samt der Original Wiener Schrammelkapelle fuhr unsichtbar Karussell.

Inzwischen radelte der Postbote um die weiten Wasserlachen auf dem leeren Hof wie ein Artist.

Beeil dich, Junge, los! sagte mein Großvater und kramte in seinen Hosentaschen.
Wir bekommen gar keine Briefe!

Erzähl' nicht, hier sind fünf Mark!

Was soll ich denn damit?

Post holen! sagte Großvater und hämmerte weiter auf einer zurechtgeschnittenen Sohle. Der letzte Krieg war kaum vier Jahre erloschen.

Seit wann gibt es denn für fünf Mark Post?

Nun beeile dich!

Sylvester war wohl soetwas wie der Erste April. Nur feierlicher, ernster: Morgen war die Welt ein ganzes Jahr älter!

Der mürrische Postbote, der zu diesem verlassenen Vorwerk mehr als drei Kilometer fahren mußte, öffnete zwei Knöpfe seines triefenden Umhanges, zog einen großen, aber gefalteten Umschlag hervor. Ohne Marke, ohne Anschrift.

Vier Mark zwanzig, sagte er.

Sylvester war wirklich ein außergewöhnlicher Tag. Ein Glück, daß ich zu meinen Großeltern in den Harz gefahren war.

Meine Großmutter hatte in aller Frühe den Schwur geleistet: Schmutzig kommt keiner von euch in das neue Jahr! Nun plackte sie sich seit Stunden mit dem qualmenden Badeofen im Erdgeschoß herum.

Unter dem Kaninchenstall, wo die Hühner schläfrig in das Regengrau dösten, krähte der Hahn. Er stieß sich beinah den Kopf. Nächstes Jahr kommt er in die Pfanne, war bereits entschieden. Ach, du liebe Zeit: in gut zwölf Stunden begann es für den Gockel sehr brenzlich zu werden.

Unterdessen schwatzte der Postbote noch mit meiner Großmutter, die sich aus dem Badezimmerfenster reckte, um auch einmal wieder frische Luft zu atmen.

Auf jeden Fall muß das im nächsten Jahr ganz anders werden! sagte der Postbote und wischte sich Regentropfen aus dem pausbäckigen Gesicht: Bei Wind und Wetter mehr als sechs Kilometer auf dem Drahtesel, da mache ich nicht mehr mit!

Übermorgen würde der energische Herr Burkel wiederkommen, mal sehen was sich dann verändert hatte.

Der große Brief steckte unter meinem Pullover.

War nichts für uns dabei? rief Großmutter mir nach, als ich die Bodentreppe hinaufjagte.

Nur für vier Mark zwanzig!

Großmutter hielt mich wohl für einen Spaßvogel und lachte. Beizender Qualm breitete sich im Treppenhaus aus. Bei diesem endlosen, verfluchten Regen bekam der alte Ofen nicht den notwendigen Zug. Und während Großmutter mit der Schürstange fuhrwerkte, dachte sie bestimmt: Warte nur, Bürschchen, im nächsten Jahr wird sich auch für deinen Kindskopf manches ändern. Die Schulzeit endet, der Ernst des Lebens steht vor der Tür.

Konntest doch fünf Mark geben! sagte Großvater und nahm ein wenig ärgerlich die Groschen zurück.

Warum?

Weil Sylvester ist!

Er zog eine Handvoll kaum fingerlanger Paketchen aus dem Briefumschlag: grüne, mehrfach geknickte Pappröhrchen, die fest miteinander verschnürt waren: Bleib hier!

Er ging durch die Tür des Lattenverschlages den hauslagen, niedrigen Wäscheboden entlang, der mit Gipsplatten ausgelegt war. Ich beobachtete, wie er sich bückte. Ein Streichholz flammte auf. Es erlosch. Mit schnellen Schritten kam Großvater zurück, blieb stehen und wartete. Sechs, sieben vielleicht auch zehn hallende Schüsse knallten durch den düsteren Raum.

Ich glaubte, taub geworden zu sein. Es verging einige Zeit, ehe ich wieder den eintötigen Regen auf dem Teerdach über uns vernahm.

Noch einmal! forderte ich begeistert, verwundert über die eigene Stimme.

Nein, nein, Junge, jetzt nicht! Damit wollen wir doch um Mitternacht das neue Jahr begrüßen! sagte Großvater.

Das Schuhebesohlen ging immer schneller vonstatten. Die Hofballtänze und das Elektrisieren wurden ständig langweiliger.

Otto Speckte

Meinetwegen! entschied Großvater endlich, und der nächste Knallfrosch raste über den Dachboden davon. Jetzt konnte man sich freuen: Es war kein Geheimnis mehr, was überraschte und erschreckte. Und ein Glück, daß es draußen ununterbrochen den letzten, versteckten Fleck Weihnachtsschnee fortregnete, denn sonst hätten wir sicherlich noch einen Handwagen voll Holz aus dem Wald ziehen müssem; das Sylvester war, sonst säße Großvater nicht mit den löchrigen Schuhen im Lattenverschlag.

Dann ist aber endlich Schluß! erklärte Großvater und schloß blitzschnell die Türen des Grammophongehäuses. Drinnen, im Schalltricher trafen Armeen aufeinander und ließen sämtliche Minen springen.

Nach dem Mittagessen schleppten wir trocknes Holz aus dem einstigen Schweinestall für die lange Nacht.

Naschön, sagte mein Großvater gutmütig und griff in den Brief, den er immer bei sich trug: Einmal ist keinmal, aber dann hat der Spaß vorerst ein Ende!

Krachend sauste der Feuerfrosch aus dem Gang in den Hühnerhof und zischte ein letztes Mal in einer Pfütze. Die Hühner benötigten ihr zweites Bein, um Gleichgewicht zu bewahren. Sie äugten von beiden Seiten, glaubten dann aber doch nur geträumt zu haben. Nur der Hahn regte sich auf, schüttelte sein braunbuntes Gefieder und spektakelte nervös. Kein Wunder, er wartete nicht mit unserer Ungeduld auf das nahe, neue Jahr.

Dann muß ersteinmal Feierabend sein! erklärte Großvater mit Nachdruck, als wir die Kaffeetassen vom Küchentisch räumten. Er machte die Herdklappe auf und - schneller wieder zu. Durch das Ofenrohr fuhr der Teufel zum Schornstein hinaus.

Großmutter kam über den Flur gelaufen. Sie mußte ja auch noch die Betten für das neue Jahr beziehen.

Was war das eben? fragte sie und sah argwöhnisch von einem zum anderen.

Keine Ahnung! Das kam von draußen! sagte ich, um von Großvaters verräterischem Grinsen abzulenken.

Sie öffnete beide Fensterflügel, lauschte in das Regenrauschen, schloß den Knebel und ging wortlos aus der Küche.

Spielen wir Sechsundsechzig, fragte Großvater und klopfte die Pfeife aus, oder eine Partie Schach, damit die Zeit vorwärtskommt?

Sechsundsechzig, antwortete ich, die Partie verliere ich sowieso ...

Laß uns lieber Schach spielen! sagte er und nahm das selbstgefertigte Spiel hinter dem Radioapparat hervor: Das ist das letzte Mal in diesem Jahr! im nächsten spielst du bestimmt besser als ich.

Aber bald ließen wir die Figuren stehen und blickten in die frühe Dämmerung hinaus. Die Enten flogen vom Teich auf und hinter die Berge. Der Regen hörte auf. Sturm bewegte die schwarzen Bäume und pfiff im Schornstein.

Es wird Frost geben! sagte Großvater, und wir schauten durchs offene Fenster kurze Zeit hinaus in die leblose Nacht. Großvater legte einen Pappröhrenfrosch auf die Fensterbank draußen, wo sie noch trocken war. Gespannt warteten wir hinter der schützenden Fensterscheibe. Langsam glomm die Lunte. Und plötzlich schnellte der Frosch mit einem mächtigen Satz hinab in den nassen Garten, schoß hin und her durch den Grünkohlwald, ehe er für immer verstummte.

Zum Glück hatte Großmutter nichts gehört, denn endlich plätscherte das heiße Wasser in die Wanne, und ihr fiel bestimmt der letzte, schwere Stein vor dem neuen Jahr vom Herzen ...

Zu später Stunde aßen wir Heringssalat und tranken von Großvaters selbstgebrannten, wohlbehüteten Hagebuttenwein. Wir öffneten weit die Fenster. Sturm heulte über den Harz, aber durch die sternlose Nacht redeten die Glocken aus den Tälern mit denen auf den Bergen.

Als der Rundfunksprecher verkündete, nun würde sogleich das neue Jahr beginnen, war unser Brief für vier Mark zwanzig längst leer.

Das neue Jahr fängt ja heiter an! sagte mein Großvater, zerknüllte den Umschlag, umarmte und küßte mich. Seine Bartstoppeln kratzten.

Mann! sagte Großmutter: und du beginnst es unrasiert!

Klaus Ozminski

Ämilie Juliane Gräfin zu Barby und Mühlingen

(1637 - 1672)

Am Neuen Jahr

Das alte Jahr ist nun zum Ende kommen,
die Christenheit fängt heut ein neues an
und danket Gott, der sie in Schutz genommen
und ihr unzählig viel zu Gute hat getan.

O frommer Gott, jetzt denk ich auch zurücke,
ich muß dir ja von Herzen dankbar sein;
doch weil ich auch viel Missetat erblicke,
so dieses Jahr geschehn, so fürcht ich Straf und Pein.

Das Jahr ist um, ach, laß die alten Sünden
und was ich sonst mein Leben lang getan
zugleich auch mit dem alten Jahr verschwinden,
ach, wirf sie hinter dich und denke nicht mehr dran.

Dein lieber Sohn ist darum Mensch geboren.
Sein Name zeigt's, indem er Jesus heißt,
daß er bemüht, zu suchen, was verloren,
und mich durch sein Verdienst aus Satans Rachen reißt.

Das zarte Kind wird auch für mich beschnitten
und gibt sein Blut mich zu erlösen hin.
Die Schmerzen, die es hat dabei gelitten,
versichern mich, daß ich bei Gott versöhnet bin.

Wohlan, ich will den Gnadenbund erneuen:
Hier stell ich mich zu deinem Dienste ein,
du aber kannst mich besser nicht erfreuen,
als wenn du in der Tat stets wirst mein Jesus sein.

Anmerkungen

Ämilie Juliane Gräfin von Barby und Mühlingen (später verheiratet Gräfin von Schwarzburg-Rudolstadt) wurde 1637 geboren. Die Verse des berühnten Chorales "Wer weiß, wie nahe mir mein Ende" stammen ebenfalls von ihr.

Die Verse von **Carl Bindemann** sind entnommen dem Halberstädter Liederbuch "Drei Hundert Lieder und Gesänge ... herausgegeben von Joseph Theodosius Abs" (1828).

Helmut Dobinski (geboren 1951) lebt als Lehrer in Fleetmark.

Paul Ernst (1866 in Elbingerode geboren - 1933 gestorben in Sankt Georgen/Steiermark) war ein bedeutender neuklassizistischer Dichter.

Johann Wilhelm Ludwig Gleim (1719 - 1803) lebte als Dichter und Domsekretär in Halberstadt, wo das Gleimhaus seinen Nachlaß an Büchern, Bildern und Briefen aus dem 18. Jahrhundert bewahrt und in wechselnden Ausstellungen zeigt.

Gleims Freund war auch **Leopold Friedrich Günther von Goeckingk**, 1748 in Gröningen geboren, lange Zeit in Halberstadt, Ellrich, Wernigerode und Magdeburg lebend. Gestorben 1828.

Hedwig Gorges lebte als geschätzte Mundartdichterin der Börde in der ersten Hälfte des 20. Jahrhunderts in Groß-Santersleben.

Fritz Hagen wurde 1917 in Mehrin in der Altmark geboren, wo er noch lebt.

Gustav Hesselbarth veröffentlichte seine Erinnerungen an seine Jugend in der Altmark 1921 in Stendal.

Wilhelm von Kügelgen (1802 Sankt Petersburg - 1867 Ballenstedt) schrieb u.a. in Briefform "Lebenserinnerungen des Alten Mannes", dem der Auszug entnommen wurde.

Die Verse von **Kurt Liebmann** sind seiner Veröffentlichung "Glanz der Aue" Berlin-Steglitz ohne Jahr entnommen.

Margitta Mielke wurde 1933 in Klötze geboren, wo sie lebt. (Vgl. Hanns H.F. Schmidt: Altmärkisches Allerlei - Folge 2, Salzwedel 1989, Seite 43 f.)

Karl Mingerzahn (geboren 1904 in Königsaue bei Aschersleben - 1977) lebte als Gärtnereibesitzer in Dingelstedt am Huy; das Gedicht ist der Sammlung seiner Mundartdichtung entnommen "Ulkije Jeschichten von jistern", herausgegeben von Annemarie Mingerzahn und Ernst Wesarg (ohne Ort und Jahr, wohl 1990).

Karl Müchler (geboren 1763), der vor dem Lebensende als Privatgelehrter in Berlin lebte, war im Biedermeier ein geschätzter volkstümlicher Lyriker.

Wilhelm Osterwald wurde 1820 in Bretsch bei Osterburg geboren, war zu seiner Zeit ein weitverbreiteter Lyriker und geschätzter Pädagoge; er starb 1887 in Mühlhausen.

Marie Petersen (gestorben 1859 in Frankfurt/Oder) gab ihr Harzmärchen "Prinzessin Ilse" 1850 heraus, das um 1890 schon die 23. Auflage erreichte.

Christian Karl Plato wurde 1760 in Öbisfelde geboren, wurde in Halberstadt zum Kantor und Lehrer ausgebildet, ein Amt, das er seit 1786 in Meseburg bei Wolmirstedt ausübte; dort starb er 1799.

Alfred Pohlmann (1849 in Klein-Schwarzlosen bei Stendal - 1927 Storbeck) lebte als Pfarrer und Schriftsteller in Schernikau und Flessau in der Altmark.

Michael Prätorius (Schulze) (1586 - 1621) lebte lange Zeit alls Kapellmeister der Herzöge von Braunschweig in Wolfenbüttel. Er hat uns die Weise und den Text "Es ist ein Ros' ", die aus vorreformatorischer Zeit stammen, überliefert.

Hanns H. F. Schmidt (geboren 1937) lebt als Schriftsteller und Musikpädagoge in Magdeburg.

Kaethe Schulken's "Heilige Nacht im Harz" fand sich in ihrer Sammlung "Aus meinem Harz" (Magdeburg 1925).

Der Beitrag von **H. Siebert** wurde dem "Heimatkalender für Calbe" (1936) entnommen.

Waldemar Uhde (geboren 1876 in Großgermersleben) lebte als Kaufmann in seinem Heimatort und gilt als bedeutender Lyriker im Bördeplatt.

Philipp Wegener, ein Pfarrer, hat zahlreiche Veröffentlichungen von Sagen, Märchen usw. in den "Magdeburger Geschichtsblättern" vor gut hundert Jahren veröffentlicht.

"Weihnachten im Anhaltischen" entnahmen wir der "Anhaltischen Volkskunde" von **Alfred Wirth** (Dessau 1932).

Paul Zaunert gab heraus "Deutsche Natursagen" 1. Reihe: Von Holden und Unholden (1921).

Zu den Abbildungen: Trotz vielfältiger Bemühungen um die Lebensdaten der regionalen Graphiker sind viele Fehlanzeigen vorhanden, da sie in Nachschlagwerken nicht aufgeführt sind. Das betrifft Zeichenlehrer wie **Ewald Guhl** (wohl Stendal), **Hans Spitzmann** (Quedlinburg), **Max Brückner** (?). Hinweise an den Verlag werden erbeten.

Waltraud Reinke lebt in Salzwedel und

Klaus Ozminski (er stammt aus Halberstadt) als Pädagoge und Graphiker in Kalbe an der Milde.

Walter Gemm wurde am 27.9.1898 in Halberstadt geboren, schuf mit künstlerischer Meisterschaft gleichsam eine Chronik seiner Heimatlandschaft in Gemälden und Graphiken, und starb am 17.3.1973 in seiner Vaterstadt.

Moritz von Schwind (1804 - 1871) erfand für einen "Münchener Bilderbogen" das heute geläufige Bild des Weihnachtsmannes.

Der Spätromantiker **Ludwig Richter** (1803 - 1884) zeichnete auch Ansichten aus dem Harz.

Seite 13 zeigt eine Illustration des Engländers **Walter Crane** zu "Frau Holle" der Brüder Grimm (1893).

Sein Landsmann **Edward Burne-Jones** lebte von 1833 bis 1898 und illustrierte ebenfalls eine Reihe von Märchen und Legenden.

Otto Speckter's Bild gehört zu einer Fabel von Wilhelm Hey.

Die Vignette Seite 25 stammt von **Richard Grimm-Sachsenberg**.

Hans Springinklee ist 1512 bis 1522 in Nürnberg nachgewiesen.

Erich Simon war in der 1. Hälfte des 20. Jahrhunderts ein geschätzter Graphiker, der viele Reklamezeichnungen schuf.

Karl Koch (um 1930) schuf den Bleischnitt Seite 46.

Inhalt

HISTORISCHER HOF- UND ADELS-ALMANACH

1. Ausgabe für 1993
142 Seiten
Preis 14,80 DM

Der Herausgeber Hanns H. F. Schmidt hat historische und eigene Texte zur Kulturgeschichte des Hof- und Landadels zu einem unterhaltsamen und vergnüglichen Lesekalender zusammengestellt. Die zahlreichen Beiträge betreffen die Königreiche Preußen, Hannover und Sachsen, die Großherzogtümer Mecklenburg-Schwerin und Sachsen (Weimar-Eisenach), die Herzogtümer Anhalt, Braunschweig und Lüneburg, Sachsen-Altenburg, Sachsen-Coburg-Gotha, die Fürstentümer Reuß, Schwarzburg-Rudolstadt und Schwarzburg-Sondershausen.

Im Kalendarium werden historische Damenmoden und Uniformen vorgestellt. Lyrik von und über den Adel, Auszüge aus Briefen, Memoiren und Urkunden gehören zum Mosaik. Größere Beiträge widmen sich u.a. den Königsjagden, Maskenfesten und Festtafeln (mit Rezepten!)

Bücher aus dem dr. ziethen verlag